환상의 밤

큰 글씨 책

슈테판 츠바이크 소설시리즈 1

환상의 밤

초판 1쇄 인쇄 2020년 2월 26일
초판 1쇄 발행 2020년 3월 5일
-

지은이 슈테판 츠바이크
옮긴이 원당희
펴낸이 이방원
편집 김명희·안효희·윤원진·정우경·송원빈·최선희
디자인 양혜진·박혜옥·손경화
영업 최성수   **기획·마케팅** 정조연   **업무지원** 김경미
-

펴낸곳 세창미디어
출판신고 2013년 1월 4일 제312-2013-000002호
주소 03735 서울특별시 서대문구 경기대로 88 냉천빌딩 4층
전화 02-723-8660 | 팩스 02-720-4579
이메일 edit@sechangpub.co.kr | 홈페이지 http://www.sechangpub.co.kr
-

ISBN 978-89-5586-590-5 03850

이 도서의 국립중앙도서관 출판시도서목록(CIP)은 서지정보유통지원시스템 홈페이지(http://seoji.nl.
go.kr)와 국가자료공동목록시스템(http://www.nl.go.kr/kolisnet)에서 이용하실 수 있습니다.
(CIP 제어번호: 2020006977)

STEFAN

환상의 밤

ZWEIG

슈테판 츠바이크 소설시리즈 **1**

원당희 옮김

세창미디어
M E D I A

Phantastische Nacht

환상의 밤

CONTENTS

1

그녀는 나를 등졌다. 나와 수년간 함께 지내면서 부드럽고 탄력 있는 몸매를 내게 드러냈었고, 많은 밤을 보내며 뜨거운 숨결을 내 입술 사이로 흘려보냈던 바로 그 여인이 다른 남자를 따라 떠나간 것이다. 그런데도 나의 내부에서는 아무런 감정도 끓어오르지 않았고, 분노의 심정이나 그녀를 다시 가질 생각도 전혀 없었다. 건강한 남성이라면 당연히 느껴야 할 감정이 조금도 들지 않았다.

오늘 아침 나는 몇 달 전에 일어났던 저 환상적인 밤의 체험을 차근차근 기억해 내어 글로 적어야겠다는 생각에 사로잡혔다. 그 예기치 못한 순간들을 접하고 난 뒤부터는 무엇인가 표현하지 않으면 안 된다는 강박에서 풀려날 수가 없었다. 물론 사건의 기묘한 진행을 제대로 묘사할 수 있을지 의심스럽다. 그러나 불과 6시간 동안 일어났던 그 일들은 혼란스럽기는 해도 내 뇌리에 남아 보다 생생한 어떤 것이 되기를 갈망한다.

과거에 나라는 인간은 외적으로나 내적으로나 내가 속해 있던 사회 계층의 대부분의 인간들과 별로 다를 바가 없었다. 특히 내가 살고 있던 빈에서는 우리 같은 계층의 부류를 그다지 심각함 없이 '상류사회'라고 호칭하고 있었다. 당시 나는 30대에 접어들고 있었다. 나의 양친은 일찍이 타계하셔서 나는 성년이 되기도 전에 전 재산을 물려받았다. 유산은 상당히 풍족한 편이었고, 그래서 나는 돈을 벌어야겠다는 생각이나 특별한 경력을 쌓아야 할 필요성도 느끼지 않았다. 우리 가문의 내력으로 볼 때 내 직업은 아마 관직 계통이 되어야 했을 것이다. 그런데 막상 유산을 받고나서부터 나는 생활의 틀이 깨지면서 안일한 자세에 물들기 시작했다.

나는 우선 몇 년간 마음에 드는 활동영역을 발견할 때까지 여유작작하게 살아가기로 했다. 그러다 보니 구체적인 목적도 있을 수 없었고, 직업이나 활동에 대해서도 늘 관망하는 상태로 머물게 되었다. 내 소망의 좁은 테두리에서는 물론 모든 것을 이룰 수 있었다. 이를테면 나는 빈이라는 감상적이고 쾌락적인 도시에서 여기저기 산책을 하거나 연극을 관람하고, 또 예술 애호가들과도 교제를 즐겼다.

이런 분위기 속에서 나는 현실적인 생활감정과 행동력을 차츰 상실해 갔다. 또한 우아하고 귀족적이며 사치스런 젊은이의 모든 만족감을 누리며 야망과 목적성을 잃어 가고 있었다. 각종 놀이와 사냥, 여행 등의 안일한 긴장을 맛보면서 점점 더 기교적인 태도로 정관적 경향을 넓혀 가기 시작했다. 나는 진귀한 유리잔을 모으고 있었는데, 이는 진지한 열정에서라기보다는 힘들이지 않고 활동하는 가운데 어떤 성취욕을 얻고자 했기 때문이었다. 나는 집을 특수한 이탈리아의 조각품과 카탈레토식 풍경화로 장식했다. 이 물건들은 골동품 상인들로부터 직접 수집했거나, 조금은 모험하는 기분이면서도 전혀 위험성 없는 경매로부터 얻은 것들이었다.

나는 훌륭한 음악이 있는 곳이나 화가들의 아틀리

에에 거의 매일 드나들었다. 이런 나의 예술적 취향은 많은 상류층 여자들의 관심을 끌어 모았다. 그럴수록 나는 점점 더 단순한 향유자에서 세련된 멋의 전문가로 변해 가고 있었다. 순간의 흥취에 매달리면서도 새로운 소망과 변화를 꺼려했고, 청춘의 미지근한 달콤함을 사랑하고 있었다. 잘 선택한 넥타이 하나가 기쁨이었고, 좋은 책이나 자동차 여행, 카페에서 여성과 대화하는 한 시간이 내게 행복감을 선사하였다. 나는 구김살이라고는 전혀 없는 마치 영국식 신사복처럼 사교계에서 완벽해 보이는 나의 생활양식에 몰입해 있었다.

나는 사람들의 눈에 쾌활한 친구로 비쳤던 것 같다. 인기 있고 평판도 좋았으며, 주변에서는 나를 행운아라고 불렀다. 이제 와서 돌이켜 보면 내가 다른 사람들이 생각하듯 그렇게 행운아였는지 정말 의심스럽다. 왜냐하면 그날 밤의 사건을 겪고 난 뒤로는 모든 것에 대한 가치평가가 완전히 달라졌기 때문이다. 물론 당시에는 내 자신이 불행하다거나 나의 삶이 가식적이라고는 조금도 생각하지 않았다. 어떤 식으로든 내 소망들이 실현되고 있었고, 거기에 만족스러워하며 마냥 안주해 있었다. 그러나 삶의 모든 요구를 운명적인 것으로 받아들여 그 이상의 어떤 것도 시도하거나 쟁취하려 하지 않았었다는 사실이야말로 이미 긴장과 감정의 결핍, 삶 자체의 무기력함을 배태하고 있었던 것이다. 어렴풋하게나마 마음속에 살아서 갈망하고 있었던 것은 아마도 명예심이나 만족감에 안주하지 않기를 바라는 강렬한 삶에의 동경이었으리라.

이제까지 나는 내 삶 자체로부터 철저히 이성적인 기술을 터득하여 모든 감정과 내면의 저항을 밖으로 내몰아 왔었다. 그런데 이 같은 감정의 결핍 때문에 나의 생명력은 시들고 말았다. 나의 욕구는 점점 더 줄어들고 미약해졌으며, 내 심장의 호소력은 급기야 일종의 경직 상태에 봉착했다. 나는 영혼의 불능 상태, 삶을 열정적으로 살아가고 뜨겁게 소유하지 못하는 무기력으로 고통을 받았다. 나는 몇 가지 징후들을 느끼며 이런 결핍증을 인정하게 되었다.

어느 날 갑자기 자각한 사실이지만, 나는 극장이나 사교단체에 참석하는 횟수가 극히 적어지기 시작했다. 또 화젯거리가 되고 있는 책들을 주문해서는 펼쳐 보지도 않고 몇 주 동안이나 책상 위에 그냥 놓아두기 일쑤였다. 그런가 하면 아주 기계적으로 기호품들을 사들여 놓고서도 그것을 정리하지 않았고, 오랫동안 구하려고 애썼던 진귀한 물건을 뜻밖에 얻게 되어도 별로 기쁘지 않았다. 이렇듯 갈수록 미약해지는 활동력을 실제로 의식하게 된 것은 아직도 기억이 생생한 어느 결정적 기회를 맞았을 때였다.

나는 여름철 내내 빈 근교의 별장에 머물고 있었다. 무슨 일을 해도 감흥이 없어서 이곳에 처박혀 하루하루를 소일하고 있었다. 그런데 어느 날 3년간이나 깊이 교제해 왔던 한 여인에게서 편지를 받았다. 나는 그녀와 관계를 맺으며 그녀를 사랑한다고 털어놓은 일도 있었다. 그녀의 편지는 장장 열네 쪽이나 되었다. 편지는 구절마다 흥분을 감추지 못하고 있었다. 내용인즉 자신은 이번 주에 한 남자를 사귀게 되었는데, 그 남자는 이제 자신에게 가장 중요한 부분이 되어 버려서 다가올 가을에 결혼할 예정이며, 따라서 나와의 관계는 모두 끝난 것으로 하자는 것이었다. 그녀는 나와 함께 보낸 시간을 후회 없고 행복했다고 하면서 자신의 돌발적인 결단을 부디 용서하라고 썼다. 그녀는 이처럼 세심한 마음을 전한 뒤, 아주 간절한 요청을 덧붙이고 있었다. 그것은 자신에게 제발 성내지 말아 달라는 것, 이 돌연한 절교에 괴로워하지 말 것이며 또 자신을 억지로 잡아 두려고 하지 말라는 것, 만일 그렇지 않으면 참으로 어리석은 짓이라는 것이었다. 내용은 점점 더 먹이를 쪼는 독수리처럼 열띠어 가고 있었다. 그녀는 내가 더 좋은 위안처를 찾아야 한다면서, 편지를 받았는지 궁금하니 즉시 답장해 달라는 것이었다. 그리고 연필로 급히 써내려 간 추신을 다음과 같이 첨부하고 있었다. "무모한 짓은 제발 하지 마시고, 저를 이해하고 용서해 주세요!"

나는 이 편지를 읽고 처음에는 놀랐으나, 다시 한 번 자세히 읽고 난 뒤에는 일말의 수치심을 느꼈다. 아니 수치심이라기보다는 경악스러움을 느꼈다. 그도 그럴 것이 애인을 잃어버린 데서 오는 불쾌한 감정이라든가 본능적으로 솟아올라야 마땅할 분노의 어떤 찌꺼기조차 내게는 없었기 때문이었다. 나는 결별하자는 그녀의 편지를 받고 괴롭다거나 화를 낼 마음이 조금도 없었고, 또 그녀의 새 남자에 대해서도 전혀 적개심을 품지 않았다.

그녀는 내게서 대단한 충격을 예상했겠지만, 그러나 나의 내부에서 꽁꽁 얼어붙은 감정은 너무 기괴했다. 그녀는 나를 등졌다. 나와 수년간 함께 지내면서 부드럽고 탄력 있는 몸매를 내게 드러냈었고, 수많은 밤을 보내며 뜨거운 숨결을 내 입술 사이로 흘려보냈던 바로 그 여인이 다른 남자를 따라 떠나간 것이다. 그런데도 나의 내부에서는 아무런 감정도 끓어오르지 않았고, 분노의 감정이나 그녀를 다시 가질 생각도 전혀 없었다. 건강한 남성이라면 당연히 느껴야 할 질투심도 전혀 들지 않았다. 이런 지경에 들어서서야 나는 처음으로 나의 심적인 경직 상태가 얼마나 심각하게 진척되었는지 깨닫게 되었다. 나라는 인간은 물속으로 침투되지 못하고 반사되기만 하는 빛처럼 표면적인 삶만을 살아왔던 것이다. 이런 무감동은 부패의 고약한 냄새조차 맡지 못하고 죽어 있는 상태, 무섭게 얼어붙은 감각의 불능 상태, 실제적인 육체의 소멸 단계에 이르러 있었다.

그 이후로 나는 환자가 자신의 병을 살피듯이 이 기이한 감정의 메마름을 주의 깊게 관찰하기 시작했다. 언젠가 한번은 죽은 친구의 장례 행렬을 따라간 적이 있었다. 그때 나는 약간의 슬픔이라도 마음속에서 일어나는지, 또는 어떤 감정이 의식 속에서 팽배하고 있는지, 그렇지 않다면 죽마고우였던 그 친구가 이제는 영원히 내 곁에서 떠나간다고 슬픔을 느끼는지 조심스럽게 살펴보았다. 그러나 아무런 반응도 일어나지 않았다. 나의 내부는 모든 물체를 반사할 따름인 유리알처럼 공허하다는 생각만 들었다. 나는 이와 유사한 일을 겪을 때마다 무엇인가를 감지해 보려고 애를 써 보았지만, 저 폐허에서는 아무 대답도 들려오지 않았다. 친구들은 하나둘씩 나를 떠났고, 여인들은 내 곁에 다시는 다가오지 않았다. 나는 봄비 내리는 날 무심히 방 안에만 앉아 있는 사람처럼 매사에 관심이 없었다. 나와 감정 사이에는 도저히 내 뜻대로 깨뜨릴 수 없는 괴상한 유리벽이 가로놓여 있었다.

나는 이런 증세를 분명히 감지하고 있으면서도 아무런 변화도 만들어 내지 않았다. 이미 언급한 대로 나는 내 자신과 관련된 일들을 냉담하게 받아들였다. 고통스럽게도 감정이라는 것을 도무지 느낄 수 없었다. 그나마 다행스러운 것은 성불능이 성교의 순간에 나의 파트너에게 알려지기는 해도, 나의 이 내면의 깊은 무감동 증세는 남들은 거의 알아차리기 어렵다는 점이었다. 나는 사교 모임에서는 번번이

허세를 부리거나 과장의 몸짓을 해 보였는데, 이는 내가 얼마나 내적으로 공허하고 퇴락했는가를 감추려는 몸부림과도 같았다.

겉으로 보면 나는 여전히 예전처럼 유쾌하고도 순탄한 삶을 살아가는 젊은이처럼 보였다. 그러나 이렇게 몇 달이 지나가면서 나의 삶에는 천천히 어둠이 깃들기 시작했다. 어느 날 아침 나는 거울 속에서 관자놀이 부근의 희미한 주름을 확인하고는 나의 청춘도 점점 다른 세계로 접어들고 있다는 것을 감지했다. 다른 사람들이 청춘이라고 칭하는 시절은 이미 나의 마음속에서 흘러가 버렸다. 그러나 청춘과의 이별이란 나에게 유별나게 서글픈 것은 아니었다. 왜냐하면 나는 내 자신의 청춘 역시 별로 사랑하지 않았기 때문이었다.

2

누가 방금 "테디! 테디!"라고 고함을 질렀던가? 그건 바로 나 자신이었다. 나는 뜨거운 열광의 도가니 한가운데 들어가 있는 자신을 발견하고 몹시 경악했다. 나는 이런 자신을 놀라워하며 자제하려고 노력했다. 열기에 젖어 있는 가운데 갑작스런 수치심이 나를 죄어 왔다. 하지만 나는 그럴 수가 없었다. 저기서 말 두 필이 나란히 달려 들어오고 있었는데, 한 놈은 내게 미움받고 저주받은 라바콜이었고, 또 한 놈은 테디였다. 주변에서는 이제 "테디! 테디!" 하는 고함소리가 큰 합창이 되어 내 고막을 진동시켰다.

갖가지 일에 매달려 보아도 나의 일상생활은 내적인 무감동으로 말미암아 더욱더 진부해져 갔다. 하루하루가 이렇다 할 사건도 없이 지나가는 무의미한 나날의 연속이었다. 내가 이렇게 묘사하고 싶어 하는 저 **환상적인 밤**의 체험 역시 아주 평범하고 특별한 일 없는 6월 어느 날 일어났다. 나는 그날 휴일의 아늑한 기분에 사로잡혀 아침 늦게야 일어났다. 나는 목욕을 끝낸 뒤 신문을 읽고 책을 뒤적거렸다. 그런데 내 방 깊숙이 밀려들어 오는 따사로운 초여름

햇살에 매료되어 무작정 산책을 나갔다. 나는 평소처럼 묘지 길을 가로질러 걸어가다가, 아는 사람과 잠깐 대화를 나누고 친구 집에서 점심을 먹었다.

오후에는 모든 모임을 마다했는데, 왜냐하면 나는 일요일에는 방해받지 않고 몇 시간이나마 혼자서 자유롭게 보내고 싶었기 때문이었다. 친구 집에서 돌아와 링스 거리를 거닐며 나는 햇살 가득한 도시의 아름다움에 쾌적함을 느꼈고, 초여름을 맞이한 이 도시의 풍경에 절로 즐거워졌다. 지나가는 사람들은 모두가 명랑해 보였고, 저마다 다채로운 거리의 따사로움에 빠져드는 것 같았다. 오늘따라 온갖 풍물 하나하나가 내게는 진기해 보였다. 나무들이 새파란 잎사귀를 흔들며 도로 한가운데서 넓은 숲을 이루고 있는 모습은 특히 장관이었다. 거의 날마다 이 거리를 지나갔지만, 이 따스함 속에서 산보하는 사람들의 물결은 내게 기적처럼 여겨졌다.

나는 나도 모르게 무성한 신록의 밝음과 다채로움에 대한 동경에 사로잡혔다. 나는 약간의 호기심이 발동되어 프라터 공원의 모습을 기억해 냈다. 지금쯤 그곳에서도 녹색 옷을 입은 거대한 체구의 마부만큼이나 우람한 나무들이 마차가 질주하는 중앙로 좌우에 나란히 정렬한 채, 수많은 정장 차림의 신사들에게 자신의 하얀 꽃봉오리를 무심히 내밀고 있을 터였다. 소망하는 게 있으면 그중에서도 가장 손쉬운 것에 즉시 빠져 버리는 것이 몸에 밴 나의 습성이었고, 그래서 나는 내 앞길을 가로막고 있던 마부를 불렀다. 마부는 "남작님, 경마장에 가시죠?"라며 분명히 그럴 거라는 투로 말했다. 나는 그제야 오늘이 아주 인기 있는 경마일, 즉 빈의 상류계층 사람들 모두가 모여드는 더비 예선일이라는 사실을 기억해 냈다. 나는 마차에 오르는 동안에도 내가 이날을 소홀히 하거나 기억하지 못했다는 것이 몇 년 전만 해도 과연 있을 수 있는 것인지 의아하게 생각했다. 나는 다시 활발하게 움직이던 환자가 갑자기 자신의 상처를 느끼듯이 망각 증세를 의식함으로써, 내가 빠져 있었던 무감각의 경직 상태를 떠올렸다.

우리가 프라터 공원 쪽으로 마차를 타고 왔을 때, 중앙 도로는 이미 한산해 있었다. 경마가 이미 시작되었음에 틀림없었다. 경주가 벌어지기 직전에 보이는 휘황찬란한 마차의 수많은 행렬이 이미 보이지 않았기 때문이었다. 마부는 마부석에서 고개를 돌리며 서둘러 가야 하는지 내게 물었다. 그러나 나는 너무 늦게 도착한 것에 조금도 개의치 않았으므로 마부에게 천천히 말을 몰도록 당부했다. 이제는 여기에 일찍 온다는 것이 그다지 중요치 않을 만큼 나는 경마를 수없이 보아 왔고, 또 경마하는 사람들을 자주 지켜봤었던 것이다.

나는 가볍게 흔들거리는 마차 소리를 들으며 경마장을 향해 여유롭게 가고 있었다. 나는 마치 범선 위의 갑판에서 바다를 내다보듯 푸른 대기를 호흡하면서 아름답고 무성함을 자랑하는 밤나무들을 응시하고 있었다. 밤나무들은 아양 거리듯 코를 간지르는 훈풍에 몇 송이의 하얀 꽃잎을 아낌없이 떨구고 있었다. 흔들리는 마차에 몸을 기댄 채, 긴장이 완전히 풀어진 상태에서 눈을 감고 계절의 온기를 호흡하는 것은 쾌적한 일이었다.

마차가 프로이데나우 진입로 입구에 멈춰 섰을 때, 나는 정말 유감스러웠다. 지금이라도 되돌아가 부드러운 초여름날을 즐기며 계속 마차에 몸을 싣고 싶은 생각이 간절했다. 그러나 때는 이미 늦었고, 마차는 경마장 코앞에 당도해 있었다. 경마장 쪽에서 요란한 굉음이 들려 왔다. 그 소리는 바다와도 같은 넓은 계단식 경기장 뒤에서 둔중하고도 공허하게 울려 퍼졌다. 물론 내가 직접 이렇게 함성을 내지르는 관중들을 본 것은 아니었다. 그런데 나는 문득 머릿속에 동해 바다를 떠올렸다. 비속한 도시의 비좁은 골목을 떠나 후련한 마음으로 바닷가를 거닐게 되면, 사람들은 이미 바닷바람이 짭짤하고 비릿하게 그들의 코끝을 스쳐 지나가는 것을 느끼는 동시에, 어떤 둔중한 굉음을 듣게 된다. 그리하여 그들의 시선은 우렁차게 포효하는 파도를 따라서 잿빛 거품으로 일렁거리는 먼 수평선 위로 달려가게 되는 법이다.

경마는 이제 막 시작되었음에 틀림없었다. 말들이 질주하고 있는 트랙과 푸른 잔디 사이로 연기처럼 이리저리 쏠리며 움직이는 함성의 집단, 수많은 관중과 도박꾼들이 눈에 들어왔다. 경마 트랙을 자세히는 볼 수 없었지만, 관중의 열기가 고조된 것으로 미루어 경기의 양상을 어느 정도 짐작할 수 있었다. 분명히 기수들은 이미 출발했을 것이고, 관중들은 서로 편이 갈렸을 것이다. 또 어떤 사람들은 구경하기 좋은 자리를 차지하려고 몸을 서로 밀치고 있을 터였다. 아우성치는 관중들의 머리 방향을 보고 나는 기수와 말들이 지금쯤이면 기다란 장방형 트랙의 완곡 부분에 접어들고 있으리라 예상했다. 점점 더 한 덩어리가 된 인파가 한쪽으로 몰려들면서 목만 곧추세우는 형상을 이루었다. 모든 사람들의 눈이 내가 볼 수 없는 한 지점에 일제히 쏠렸다. 들어오는 경주마를 보기 위해 한껏 늘어뜨린 목들로부터 천둥 같은 뇌성이 울렸고, 마디마디 잘린 음향들과 더불어 점점 더 거세게 부서지는 파도 소리가 들려

오고 있었다. 그리고 이 파도 소리는 공중으로 크게 뛰어 올라가 새파란 하늘까지도 들어설 자리가 없을 만큼 철썩거리고 있었다.

어느새 나는 관중석 가까이 다가가 몇 사람의 얼굴을 바라보고 있었다. 그들은 눈을 번뜩이면서 입술을 꼭 깨물고 있었다. 어떤 사람은 콧구멍을 말처럼 부풀려 올린 채 경련을 참을 수 없다는 듯 오만상을 찡그리고 있었다. 나는 이렇게 제멋대로 흥에 취한 사람들의 모습을 관찰하는 것이 우스꽝스럽고 섬뜩하다고 여겼다. 내 곁에는 고상하게 차려 입은 잘생긴 신사가 서 있었는데, 그는 마치 보이지 않는 악마에게 홀린 사람처럼 미쳐 날뛰고 있었다. 그는 무엇인가를 향해 채찍질하듯 지팡이를 허공에다 휘둘러 댔다. 그의 몸동작은 —보는 이로 하여금 배꼽을 쥐고 웃게 할 정도로— 기수의 행동에 따라 수시로 바뀌고 있었다. 그는 말을 탈 때처럼 자신의 발꿈치를 끊임없이 흔들어 댔다. 오른손으로는 지팡이를 가지고 채찍질을 하고 왼손으로는 하얀 종이를 발작적으로 구겨 대고 있었다. 그래서 그 하얀 종이는 갈수록 찢겨 너풀거리다 소음으로 가득 찬 흥분의 도가니 위에서 뜨거운 거품을 뿜어내고 있었다.

이제는 말 몇 마리가 커브 길에서 접전을 벌이고 있음에 틀림없었다. 왜냐하면 돌연 커다란 굉음이 두서너 경주마의 이름으로 압축되면서 그 개별 그룹들은 전쟁을 치르듯 자신들의 말 이름을 부르며 열광하고 있었기 때문이었다. 그 외침은 그들의 흥분과 열광적 상태를 환기시켜 주는 통풍구와도 같아 보였다.

나는 이 소란하기 짝이 없는 광란의 와중에서 검푸른 바다 한가운데의 묵직한 암석처럼 차갑게 서 있었다. 나는 오늘이라도 그 순간에 느꼈던 것을 자세히 얘기할 수 있다. 우선 나는 이 터무니없는 행동의 가소로움, 발작과도 같은 비천함에 참을 수 없는 모멸감을 느꼈었다. 그러면서도 여기에는 내가 인정하지 않을 수 없는 또 다른 측면도 섞여 있었다. 나는 이런 흥분과 광기, 열광에 내재한 그 어떤 생명력에 미묘한 동경을 느꼈다. 나는 생각했다. 아, 어찌 해야 내 육체가 불타오르고, 내 목소리가 나의 의지를 거역하여 얼어붙은 입술을 뚫고 나올 수 있는가? 어떻게 하면 내게 생생한 자극과 열정이 살아오를 수 있을까? 나는 그 무엇을 소유해도 자극제가 될 만한 아무런 단서도 찾아낼 수 없었고, 나를 매혹시킬 어떤 여인도 생각해 낼 수 없었다. 내게는 감정의 메마름에 불을 질러 열정을 촉발시킬 그 어떤 것도 도무지 존재하지 않았다. 설사 장전된 권총 앞에 서게 되는 일이 발생할지라도, 내 심장은 마권에 건 돈 때문에 아우성치는 인파 속에서도 전혀 감흥을 못 느끼면서 고동치지 않을까 싶었다.

드디어 경주마 한 필이 결승점에 도달할 때가 되었나 보다. 특정한 말의 이름이 관중들 속에서 귀청을 찢어 놓을 정도로 크고 날카롭게 울려 퍼졌기 때문이었다. 승리자를 위해 음악이 연주되기 시작했고, 순식간에 관중들은 뿔뿔이 흩어졌다. 순위가 결정되고 1회전이 끝난 것이다. 나사처럼 칭칭 감겨 있던 긴장은 맥없이 풀어지고 있었다. 조금 전까지만 해도 타오르는 열정의 무리였던 관중들은 서로 흩어져 삼삼오오 뛰어가고, 웃으며 담소하고, 때로는 허탈한 얼굴을 지어 보이고 있었다.

홍분이라는 세속의 가면 뒤에서 조용한 얼굴들이 나타났다. 잠깐 동안 이 수천의 얼굴들을 하나의 뜨거운 불덩이로 달구었던 유희의 무질서 속에서 협력하거나 대립하던 사회 계층은 다시 제자리로 돌아갔다. 이들은 내가 알고 있거나 서로 인사를 나누던 사람들, 또는 서로 차갑게 예의를 차리며 훑어보고 관찰하던 낯선 사람들이었다. 예컨대 여인들은 옷매무새를 새롭게 고치며 서로가 상대방을 조심스레 살펴보는 데 반해, 남성들은 서로가 조심스럽게 탐욕스런 눈을 두리번거렸다. 그리하여 무관심한 사람들의 본능인 세속적 호기심이 전개되기 시작했다. 우리는 무엇인가를 찾아 헤매고 셈하며 적절히 자신을 통제하여 사회적 지위와 고상함 따위를 얻어 왔다. 하지만 그 모든 사람들은 계속 미몽의 둘레를 헤매면서 이 가벼운 단막극 내지 유희 자체가 실제로는 사회적 통합에 목적을 두고 있다는 것을 알지 못하고 있었다.

나는 잠잠해진 관중들 한가운데를 헤집고 다니며 아는 사람에게 인사하고 감사의 뜻을 보내기도 하면서 천태만상으로 뒤섞인 인간들이 사방에 뿌려 대는 향수와 고상함의 가벼운 냄새를 기분 좋게 호흡했다. 그러나 한층 더 나를 즐겁게 해 주었던 것은 저 건너편 프라터 공원 초지로부터, 그 초여름의 따스함이 스며들어 있던 숲으로부터 가벼운 파문을 일으키거나 여인들의 하얀 모슬린을 은근히 희롱하고 어루만지던 그윽한 미풍이었다.

몇몇 아는 이들이 내게 말을 걸고 싶어 했다. 그중에서도 아리따운 여배우 디아네는 관람석 한쪽에서 이리 오라는 눈짓을 보냈지만, 나는 아무에게도 가지 않았다. 오늘 이 세속적 인간들 어느 누구와도 말을 나누고 싶지 않았을 뿐만 아니라, 그들을 거울 삼아 나 자신을 비춰 보는 것조차 따분하다는 생각이 들었다. 다만 여기서 벌어지는 광경, 고조된 순간들을 통하여 일어나는 소란하고 격정적인 감흥만을 몸으로 얼싸안고 싶었다.

아름다운 여인 몇몇이 내 곁을 지나갈 때, 나는 그들에게 일부러 파렴치한 눈길을 보내기도 했지만, 걸을 때마다 얇은 망사 속에서 흔들리는 그녀들의 가슴을 보아도 욕망이라곤 전혀 솟아나지 않았다. 나는 여자들이 그토록 관능적인 면에서 무시를 당하고, 그런가 하면 파렴치하게 누군가에 의해 옷이 벗겨졌다고 느낄 때 여자들이 갖게 될 반쯤은 고통스럽고 반쯤은 만족스런 이중 감정을 떠올려 보며 슬며시 미소를 지었다. 사실 어느 여자도 내게는 매혹감을 주지 못했고, 다만 여자들 앞에서 그런 행동을 하는 것만이 내게 어떤 알 수 없는 희열을 주고 있었다. 나는 여자들이 갖고 있는 심리적 반응을 떠올리면서 그들과 육체적 접촉을 갖는 데서 즐거움 내지 쾌락을 얻었다. 흔히 내적으로 차가운 모든 인간이 그렇듯이, 나의 본질적인 성적 향락은 나 자신을 뜨겁게 하기보다는 다른 사람의 열기와 흥분의 내부로 들어가 만족을 찾아내곤 했다.

나는 실제의 성관계에서 오는 흥분이 아니라, 여자들이 있음으로 해서 생겨나는 관능의 따뜻한 열기를 느끼고 싶어 했다. 요컨대 흥분이 아니라 자극만을 느끼기를 원했다. 그래서 이번에도 이리저리 서성거리고 기웃거렸지만, 헛수고만 되풀이했다. 나는 미온적인 향락을 즐겼으나 붙잡은 것이 없었고, 여자들을 접했으나 느낀 것이 없었다. 그저 희롱의 미지근한 열기로 약간 데워지고 말았을 뿐이었다. 하지만 그런 것도 이제는 권태로웠다. 같은 사람들이 자주 내 앞을 지나갔기 때문에, 나는 이미 그들의 얼굴과 몸동작을 기억하고 있었다. 나는 가까운 곳에 있는 의자로 다가가 앉았다. 이때 주변에서는 사람들이 서서히 삼삼오오 무리를 이루면서 새로운 동요가 일어나기 시작했다. 오가는 사람들이 북새통을 이루었다. 새로운 경주가 다시 시작될 참이었다.

경주가 나와 무슨 상관이란 말인가! 나는 하늘을 향해 둘둘 말려 올라가는 담배 연기의 둥근 원 아래서 느긋하게 자세를 낮춰 앉아 있었다. 허공을 선회하는 담배 연기는 마치 봄날 푸른 하늘에 떠도는 조각구름처럼 갈수록 희미해진 빛으로 시야에서 멀어져 가고 있었다. 바로 이 순간에 예기치 못한 일이 오늘날까지도 나의 삶을 지배하는 저 유일무이한 체험이 시작된 것이다. 나는 그때 시계를 들여다보고 있었기 때문에 6월 7일 오후 3시 16분인 그 순간의 시각을 정확히 기억하고 있었다.

나는 손에 담배를 쥔 채 하얀 시계의 숫자판을 주시해 보고 있었다. 그런데 등 뒤에서 어떤 여자가 키득키득 웃음을 흘렸던 것이다. 그 소리는 내가 여자들에게서 듣기 좋아하는 날카롭고 자극적인 웃음, 온통 열기에 싸인 채 뜨거운 관능의 숲에서 소스라쳐 뛰쳐나온 웃음이었다. 그녀의 관능적인 웃음소리는 탁하게 고인 연못에 던져진 하얀 돌멩이처럼 내 근심 없는 꿈결을 마구 두들겨 깨웠다. 그러나 나는 이 순간에도 자신을 억제하고 있었다. 종종 나를 사로잡곤 하던 정신의 유희, 심리적 실험에 대한 기이한 욕구가 내 마음을 차갑게 누르고 있었다. 나는 우선 일종의 전희를 즐길 생각이었다. 모든 상상력을 동원하여 이 여인에게로 돌리는 행위, 예를 들어 그녀의 얼굴과 코, 목덜미와 어깨며 젖가슴 부분, 아무튼 웃음을 위해 살아 움직이는 이 여자의 모든 것에 전념하는 행위가 내게는 그 무엇보다 자극적이었다.

그녀는 분명히 바로 내 등 뒤에 서 있었다. 이젠 웃음이 그치고 대화가 시작되었다. 나는 귀를 바싹 기울였다. 헝가리 억양이 약간 섞인 그녀의 말은 아주 빠르고 경쾌했으며, 모음을 발음할 때는 노래하는 것처럼 혀를 가볍게 끌었다. 이런 어투에다가 가능한 한 환상적 이미지를 풍부하게 덧붙여 나가는 솜씨는 아주 세련되어 듣기 좋았다. 나는 그녀의 검은 머리와 검은 눈, 새하얀 치아와 크고 관능적으로 보이는 둥근 입술, 뾰족한 콧날과 약간 솟아 떨고 있는 콧구멍을 마음속에 그려 보았다. 그녀의 왼쪽 볼에다가는 미점(美點) 하나를, 손에는 웃을 때마다 가볍게 허벅지를 두드리는 승마용 지팡이를 첨가시켰다.

그녀는 말을 계속 이어 나가고 있었다. 그녀의 말 한마디 한마디가 나의 환상의 공간에 재빠르게 새로운 장식을 꾸며 넣고 있었다. 소녀처럼 작은 가슴, 장식핀을 비스듬하게 찔러 넣은 엷은 녹색 드레스, 흰 오리털을 꽂은 담색 모자 등이 그려지고 있었다. 그림은 점점 더 뚜렷해졌다. 나는 내 등 뒤에 서 있는 이 낯선 여자를 내 눈동자의 각막에 새겨 넣고 있었다. 그렇지만 몸을 돌려서 확인하고 싶은 생각은 없었다. 이 환상의 유희는 더욱 더 고조되어서 쾌감의 잔잔한 시냇물 소리가 불순한 꿈결 속으로 한데 밀려드는 것 같았다. 나는 두 눈을 꼭 감았다. 만일 내가 눈꺼풀을 열고 그녀에게 다가가면, 정말 상상의 머릿속 그림과 그녀의 실제 모습이 일치할지도 모를 일이었다.

이 순간 그녀가 앞으로 걸어 나왔다. 나는 나 자신도 모르게 눈을 뜨고 말았다. 화가 불끈 치밀어 올랐다. 나는 그녀의 곁으로 걸어갔다. 한데 만사가 완전히 비틀어져 버렸다. 심술궂게도 모든 것이 내 환상의 그림과는 정반대였다. 그녀는 녹색 드레스가 아니라 하얀 드레스를 입고 있었고, 날씬한 게 아니라 풍만하고 넓적한 엉덩이를 지니고 있었다. 볼 어디에도 상상으로 그려낸 미점은 찾을 수가 없었다. 머리카락은 헬멧 모양의 모자 아래서 나부끼는 검은 빛이 아니라 불그스레한 금빛이었다. 내가 그린 화폭의 어떤 부분도 그녀의 실제 모습과 일치하지 않았다. 그러나 내가 아무리 심리적 허영심에 병들어 아름다움을 거부하려 할지라도, 아무튼 그녀는 자극적이고 농염한 아름다움을 지니고 있었다.

나는 거의 적대시하듯 그녀를 바라보았다. 그럼에도 불구하고 나의 마음속 저항감조차 이 여자에게서 풍겨 나오는 관능적인 매력을 어찌하지 못했다. 그녀의 탄력 있고 부드러운 살결로부터 탐스러운 생동감이 강렬한 유혹을 발하고 있었다. 그녀가 다시 한 번 크게 웃자, 그녀의 건강하고 하얀 치아가 드러났다. 나는 내심 이 뜨겁고 성적인 웃음이 그녀의 풍만한 육체와 잘 어울린다고 생각했다. 둥그런 젖가슴, 웃을 때마다 돌출하는 턱, 날카로운 눈빛, 살짝 솟아오른 코, 바닥에 세워진 양산을 꼭 쥐고 있는 손, 이 모든 것이 너무나 열광적이고 뇌쇄적이며 도발적이었다. 바로 여기에 여성적인 요소, 근원적인 힘, 무의식적이고도 영민한 속임수, 몸에 배어 버린 욕망의 등불이 있었다.

그녀의 곁에 서 있는 사람은 고상해 보이면서도 어딘지 광기가 번뜩이는 한 장교였다. 그는 그녀에게 추근거리며 말을 걸고 있었다. 그녀는 그 장교의 말에 귀를 기울이면서 연신 환한 미소로 대답하고 있었다. 하지만 그런 태도는 가식에 불과했다.

왜냐하면 그러면서도 그녀의 눈초리는 딴 곳을 흘

깃거렸고, 그녀의 콧구멍은 흡사 모든 사람의 냄새를 맡기라도 하려는 듯 사방을 향해 벌름거렸다. 그녀는 지나가던 모든 사람, 주변에 밀집해 있던 모든 남자들의 관심과 미소와 시선을 눈으로 빨아들이고 있었다. 그녀의 눈빛은 그렇게 쉬지 않고 기웃거리며 비밀스럽게 배회했다.

나만은 장교의 몸에 가려져 그녀의 시야에서 벗어나 있었으므로 그 눈빛의 세례를 받지 않았다. 그것이 나를 화나게 했다. 나는 자리에서 일어났다. 그녀는 나를 보고 있지 않았다. 내가 그녀에게 조금 더 바짝 다가갔을 때, 그녀는 다시 관중들을 내려다보고 있었다. 이때 나는 다부지게 마음먹고 그녀에게 몇 발짝 접근해서는, 그 장교에게 실례한다며 모자를 벗어 인사했다. 그리고는 그녀에게 내 자리를 권했다. 그녀는 내게 경이에 찬 눈빛을 던졌다. 그녀의 눈가에는 환한 빛이 감돌았고, 그녀의 입가에는 교태 어린 미소가 가득 번졌다.

그렇지만 그녀는 짧게 감사의 말을 했을 뿐 자리

에 와서 앉지는 않았다. 다만 팔꿈치까지 드러나 보이는 윤기 있는 하얀 팔을 가볍게 등받이에 기대어 자신의 자태가 더욱 요염하게 보이도록 가볍게 몸을 구부렸다.

내 그릇된 심리에 대한 짜증은 이미 사라져 버렸고, 그녀와의 유희만이 나를 자극하고 있었다. 나는 관람석 벽 쪽으로 약간 물러섰다. 거기서는 그녀의 얼굴과 몸매를 확실하고 뚜렷하게 감상할 수 있었다. 나는 지팡이에 몸을 의지하고 마치 사진이라도 찍듯이 그녀를 향해 내 눈의 초점을 맞추어 가고 있었다. 그녀도 그것을 의식하고 얼마간 내 쪽으로 몸을 돌렸지만, 그럼에도 불구하고 그녀의 그런 행동은 우연의 일치인 것 같았다. 나는 어찌할 바 몰라 가능한 한 최대로 자연스럽게 혼자 중얼거리며 딴청을 부렸다.

모두가 그녀의 눈을 어루만졌지만, 아무도 그것을 낚아채지는 못했다. 그 두 눈으로 쏘아 보낸 알 수 없는 미소가 오로지 나만을 향한 신호인가, 아니면 모든 남성을 대상으로 하는 것인가? 나는 그것을 분간할 수 없었고, 그래서 잠시 짙은 미혹과 호기심의 늪에 빠져들었다. 그녀의 눈빛이 깜박이며 명멸하는 네온사인처럼 나를 향해 쏟아져 들어오는 순간에는 그것이 약속으로 채워져 있는 것 같았다. 그렇지만 그녀의 빛을 발하는 눈동자는 어떤 선택도 없이 자신을 향해 날아오는 뭇 남성들의 눈길에 머물러 있었다. 그녀는 전적으로 교태스런 유희의 쾌락을 만끽하고 있었다. 더구나 이러는 사이에도 그녀는 뻔뻔스럽게 환한 미소를 지으며 장교와 대화를 나누는 것이었다.

나는 무심코 한 발짝 다가갔다. 그녀의 태연자약함이 나의 내부로 옮겨 들어오는 것을 느꼈기 때문이었다. 나는 그녀의 눈을 외면하고는 전문가답게 그녀를 위에서 아래까지 쭉 훑어 내렸다. 나는 눈으로 그녀의 옷을 한 올씩 벗기며 발가벗은 몸을 감상했다. 그녀는 조금도 모욕감을 드러내지 않고 내 눈길을 쫓다가, 환담하던 장교에게 묘한 웃음을 흘렸다. 나는 그녀의 웃음이 내 의중을 간파했다는 표시임을 깨달았다. 내가 흰 드레스 아래로 아담하게 생긴 발을 훔쳐보았을 때, 그녀 역시 눈으로 자신의 드레스를 무심히 쓸어 내렸다. 다음 순간 그녀는 우연인 듯 발을 들어 좌석에 마련된 첫 번째 디딤판에 올려놓았기 때문에, 나는 훤히 비치는 드레스를 통하여 무릎까지 올라간 스타킹을 보게 되었다. 그런데도 그녀는 장교에게 반쯤 고개를 돌리곤, 나를 향해 비아냥대는 듯, 혹은 심술이 난 듯 묘한 웃음을 지어 보였다.

분명한 것은 그녀도 나처럼 별 관심 없이 나와 유희를 벌이고 있다는 사실이었다. 나는 그녀의 철면피 같은 세련된 수법에 증오심이 생기면서도 감탄했다. 그녀는 나에게 악의에 찬 간계로써 자신의 육감을 제공하면서도, 다른 한편으로는 아양을 떨고, 또 동행자의 속삼임 속으로 살그머니 파고들어서는 유희라는 단 한 가지 목적만을 위해 두 가지 일을 동시에 벌이고 있었던 것이다.

나는 참으로 입맛이 씁쓸했다. 이토록 차갑고 악의로 꾸며진 감각은 증오스러웠다. 더욱이 그녀가 나처럼 사실은 불감증에 가깝다는 것을 느꼈을 때에는 더욱더 그랬다. 이제 나는 스스로도 놀라울 만큼 뻔뻔스럽게 그녀에게 다가가 눈빛으로 그녀를 움켜잡았다. 나의 노골적인 자세는 "아, 아름다운 여인이여, 그대를 원한다오"라고 말하고 있었다. 이때 나도 모르게 나의 입술이 파르르 떨렸다. 그도 그럴 것이 그녀는 은근히 경멸의 미소를 흘리고는, 발목이 노출된 드레스를 아래로 내렸기 때문이었다. 그러나 다음 순간, 그녀의 두 검은 눈동자는 다시 섬광을 발하며 이리저리 두리번거렸다. 그녀는 나만큼이나 냉정했고, 나와 동류의 인간이었다. 틀림없이 우리 둘은 그 자체로는 타오르지 못한 채 뜨거운 격정과 차갑게 유희하는 존재에 불과했다.

돌연 그녀의 얼굴에서 긴장감이 사라졌다. 눈에서 번뜩이던 섬광도 희미하게 잦아들었다. 성난 잔주름도 방금까지 미소 짓던 입가에서 활 모양으로 수

그러들었다. 나는 그녀의 눈길이 향하는 방향을 힐끔 보았다. 온통 주름투성이의 옷을 입은 어느 작고 뚱뚱한 신사가 그녀 쪽으로 헐레벌떡 달려오고 있었다. 그는 손수건을 가지고 흥분으로 축축해진 얼굴과 이마를 신경질적으로 닦아 내고 있었다. 서둘러 오느라고 비뚤어진 그의 모자는 때때로 골이 깊이 패인 대머리를 적나라하게 드러내고 있었다. 나는 문득 그가 모자를 벗는다면 어떨까 하고 상상해 보았다. 아마도 그의 머리 위에는 굵고 검은 땀방울이 몽글몽글 솟아나 있으리라고 여겼다. 그만큼 그 남자는 내게 역겨운 기분을 주고 있었다. 그는 반지를 낀 손에 잔뜩 마권을 움켜쥐고 있었다. 그는 숨을 가쁘게 몰아쉬면서 자신의 부인은 아랑곳하지 않고 헝가리어로 그 장교에게 뭐라고 떠들면서 곧장 대들었다.

나는 대번에 그가 경마에 미친 사람이거나, 또는 비천한 부류의 장사꾼이라는 것을 알아차렸다. 경마는 그런 사람에게 유일한 황홀경이자 고상함을 대리

충족시켜 최상의 기쁨을 선사하는 놀이였다. 이때 그의 부인은 그에게 뭔가 경고의 말을 던진 것 같았다. 뚱보 남편은 그녀의 분부에 따르듯 모자를 제대로 쓰고 나서는, 그녀에게 유쾌한 웃음을 보내며 어깨를 다정하게 두들겼다. 그녀는 누가 봐도 남편으로 인하여 곤욕감을 느끼고 있었고, 그녀의 기본적인 자존심까지도 해를 받고 있었다. 특히 나의 면전에서 고통스런 부부 관계를 들키자 미간을 찌푸리며 분노를 참지 못했다. 그녀의 남편은 용서를 구하는 것 같았다. 그리고는 자신의 부인에게 은근한 미소로 응답하던 장교를 향해 헝가리어로 몇 마디 공손하게 지껄였다.

그녀는 우리들 면전에서 자신의 사생활이 드러난 것을 몹시 부끄럽게 여기는 것처럼 보였다. 나는 느긋하게 팔짱을 끼고 모욕과 혐오로 얼룩진 그녀의 수치심을 즐겼다. 그러나 그녀는 곧 냉정을 되찾아 남편이 그녀의 손을 부드럽게 잡고 있는 동안 내게 빈정대는 눈빛을 흘려보냈다. 그 눈빛은 마치 "보다시피 나는 이 사람의 여자지. 당신의 여자가 아니란 말이에요"라고 말하는 것 같았다. 나는 화가 나는 동시에 반감이 생겼다. 정말이지 나는 그런 못난이 뚱보의 아내에게는 아무 흥미도 없다는 것을 보여 주기 위해 당장이라도 등을 돌려서 떠나고 싶었다. 그런데도 뭔가 강렬한 자극 때문에 머물러 있었다.

이 순간 다시 출발 신호가 날카롭게 울렸다. 갑자기 잡담하고 있거나 원기를 잃고 축 늘어져 있던 관중들은 사방에서 뒤죽박죽 몰려들어 관중석의 차단벽 쪽으로 우르르 내려갔다. 나는 이 소동 속에서도 그녀의 근처에 머물고 싶었기에 흥분을 지그시 눌러 참고 있었다. 아마도 나는 이때 뻔뻔스러움이 주는 쾌감의 어떤 결정적 기회를 갖게 된 셈이리라. 그래서 나는 붐비는 사람들 틈새로 몸을 비집고 들어가 그녀를 계속 쫓아갔다. 그런데 그 뚱보 남편이 관람하기 좋은 자리를 차지하려고 갑자기 몸을 돌리는 바람에 우리는 심하게 부딪쳤다. 그러자 그의 헐거운 모자가 땅바닥에 떨어졌고, 느슨하게 손에 쥐고 있던 마권들은 원을 그리며 뿌려지면서 형형색색의 나비들처럼 사방으로 펄럭이며 날아갔다. 잠시 동안 그는 나를 무섭게 노려보았다. 나는 보통 때의 습관처럼 사과를 하려고 했으나, 무엇 때문인지 거부감이 들면서 말이 입 밖으로 나오지 않았다. 아니, 그와는 정반대로 나는 조용하면서도 모욕적인 도전의 자세로 냉담하게 그의 눈을 응시했다. 잠시 그의 눈초리는 점점 불그스레 상기되면서 애써 분노를 참으려는 빛이 역력했지만, 결국은 내 차가운 눈빛 앞에서 흐물흐물 허물어지고 말았다.

뚱보는 도저히 잊을 수 없는, 거의 울상이 된 눈빛으로 잠깐 내 눈을 들여다보았다. 그런 뒤 발길을 돌리려다가 자신의 마권이 생각난 듯 허리를 구부려 바닥에 떨어진 마권과 모자를 주웠다. 옆에서 바라만 보고 있던 그의 부인도 분노를 감추지 못하고 얼굴이 벌겋게 상기된 채 나를 무섭게 노려보았다. 그녀가 눈빛으로 나를 사랑스럽게 두들겨 팬다는 묘한 쾌감이 나의 신경을 깊숙이 타고 흘러내렸다. 하지만 나는 아주 냉담한 표정을 지으며 무심하게 제자리에 서 있었다. 나는 그 비대한 남편이 마권을 줍느라 거친 숨을 내뿜으며 허리를 굽혀 내 발 밑에서 기어 다니는 꼴을 거들기는커녕 비웃는 태도로 관찰하고 있었다. 그의 목은 그가 등을 굽힐 때면 깃털을 곤두세운 수탉처럼 쑥 빠져나왔다. 그런가 하면 넓게 접힌 등의 비곗살은 붉은 목덜미 쪽으로 불룩하게 말려 올라왔다. 더구나 이 불쌍한 뚱보가 몸을 움직일 때면 가슴에서는 천식성의 가래 끓는 소리가 기괴하게 울려 나왔다.

나는 불현듯 그의 헐떡이는 모습이 과연 부부관계에서는 얼마나 우스꽝스러울까 하는 야비하고도 몰상식한 상상에 빠져들었다. 나는 그것을 나의 경험으로 미루어 헤아려 보았고, 너무 과신한 나머지 그녀의 거의 가라앉았던 분노에 곧장 추파를 던졌다. 이제 그녀는 창백하다 못해 새파랗게 질린 얼굴로 몸을 부르르 떠는 것이었다.

마침내 나는 그녀에게서 속일 수 없는 진짜 감정을 낚아챘다. 저 증오심, 절제할 수 없는 분노가 바로 그것이었다. 나는 이 심술궂은 장면을 무한히 연장하고 싶은 생각이 간절했다. 또한 짜릿한 승리감을 느끼며 그녀의 남편이 마권 한 장 한 장을 주워 모으기 위해 얼마나 진땀 빼는가를 자세히 지켜보았다. 내 목구멍 속에는 기괴한 악마가 들어앉아 낄낄거리며 웃음을 토해 내고 싶어 했다. 나는 이 악마를 웃음으로 내뱉거나 또는 이 버둥대는 연한 고깃덩이를 지팡이로 슬슬 간지럽혀 토해 내게 하고 싶었다. 그러나 뻔뻔스럽지만 완전히 패배자의 기색을 감추지 못하고 안절부절 하는 여편네를 한 번 더 짓밟아 놓을 만큼 내가 악의에 차 있었는지는 기억해 낼 수 없다.

이제 그 불운한 남자는 마권을 거의 모두 거둬들일 찰나에 있었는데, 오직 푸른 마권 한 장만이 하필이면 내 쪽으로 날아와 내 발 앞에서 주인을 기다리고 있었다. 그는 마지막 한 장을 주우려고 여기저기

헐레벌떡거리며 맴돌았다. 그의 근시의 눈은 사방을 기웃거리고, 안경은 땀이 송글송글 맺혀 있는 그의 코앞에 바짝 얹혀 있었다. 한데 이 순간 그의 비참한 꼴을 좀 더 두고 즐겨 보자는 나의 간악한 심술이 발동한 것이다. 나는 어린애 같은 무모한 장난기에 맹목적으로 끌려들었다. 급히 한 발짝 발을 내디뎌 그가 아무리 애를 써도 찾을 수 없도록 그 쪽지를 발로 밟았다. 나는 오랫동안 그가 주위를 맴돌며 이리저리 술래놀이를 하도록 놔두었다. 그는 잃어버린 마권을 찾아 헤매는 사이에도 거친 숨을 내쉬며 여러 색깔의 쪽지들을 헤아리며 확인하고 있었다. 쪽지 하나가, 아니 지금은 "내 것인!" 쪽지 하나가 그에게는 없는 게 분명했다. 그는 웅성거리는 사람들 틈에서 다시 표를 찾아 나서려 하고 있었다.

이때 쓰디쓴 표정으로 나의 냉소적인 눈을 씰룩거리며 회피했던 그의 부인이 마침내 분노의 외침을 내질렀다. 그녀는 큰 소리로 당당하게 "라요스, 이리 그냥 와요!"라고 남편에게 외쳤다. 그는 트럼펫 소리에 귀를 쫑긋 세우는 말처럼 고개를 들고 걸음을 옮기면서도 다시 한 번 땅바닥을 훑어보았고, 그런 뒤에야 순순히 그의 아내에게로 향했다. 내 발바닥 아래 놓여 있던 마권이 계속 나를 간지럽히고 있었고, 나는 웃음의 유혹을 참을 수가 없어서 가볍게 신음을 내뱉었다. 한편 그녀는 점점 더 소란해지는 관중에게로 눈을 돌린 채 남편을 재촉해 부르고 있었다. 그녀의 재촉에는 은연중에 과시하려는 의도가 들어 있었다.

나는 더 이상 그 두 사람을 추적하고 싶은 마음이 나질 않아 뒤로 물러섰다. 우스운 일화는 이것으로 끝나 버렸고, 내 육체적인 긴장은 아늑한 상태로 풀어져 갔다. 모든 흥분이 조금씩 이완되면서 내게서 빠져나갔다. 내 몸에 남은 것이라고는 없는 것 같았다. 그래도 심술궂은 악의와 성공적인 시도에서 얻어진 방자한 쾌감이 나의 사지에 미지근하게 배어 있었다.

다시 관람석 앞쪽으로 사람들이 한꺼번에 몰려들

었고, 흥분이 거센 파도처럼 물결치기 시작했다. 수많은 인파가 혼탁한 거품을 내며 차단벽 쪽으로 돌진하고 있었지만, 나는 그쪽을 바라보지 않았다. 나는 이미 그런 따위에는 권태를 느끼고 있었다. 나는 문득 크리오 방면으로 가든가 아니면 그냥 집으로 돌아갈까 생각해 보았다. 하지만 내가 무심코 한 걸음 앞으로 나아갔을 때, 나는 그간 바닥에 놓여 있던 경마표를 보게 되었다. 나는 그것을 집어 들어 손가락 사이에 끼고 장난질 쳤다. 이것으로 무엇을 해야 할까? 라요스에게 되돌려 주는 것이 좋을까?

그렇게 하면 라요스의 부인과 사귈 수 있는 훌륭한 구실이 되는 셈이었다. 하지만 나는 그녀를 거들떠볼 마음이 전혀 없었다. 그뿐만 아니라 오늘 행한 모험으로부터 내게 우연히 찾아온 잠깐의 열기도 이미 예전의 냉담함으로 되돌아갔다. 나는 본래 그녀에게서 눈싸움 정도나 눈빛의 은밀한 교환 이상을 바라지 않았다. 더욱이 그 뚱보는 나와 육체적인 것을 함께 나누기에는 너무 혐오스러웠다. 정말 생각만 해도 등골이 오싹했다.

저쪽 편에는 아무도 찾아 주지 않던 좌석이 있었다. 나는 편안히 거기에 앉아 담배에 불을 붙였다. 내 면전에서 불꽃이 타올랐지만, 나는 그것에 조금도 관심을 기울이지 않았다. 그저 담배 연기가 위로 올라가는 것을 보면서 두 달 전에 갔던 골프장 생각을 떠올렸다. 나는 잔디에 앉아서 사납게 물거품을 튕기는 폭포를 내려다봤었다. 그때나 지금이나 상황은 완전히 같았다. 거기서도 뜨겁지도 차지도 않은, 뭔가 강렬히 치밀어 오르는 듯하지만 내 것으로 만들 수 없는 도취가 있었다. 또한 무심히 푸르른 경관 속으로 침투해 들어가는 열정적인 음조도 있었다. 그러나 내 자신의 내부에서 진정으로 끓어오르는 감흥은 나를 결국 외면했다.

경마장에는 열기가 크레센도에 이르고 있었고, 내 복잡한 상념은 깨지고 말았다. 갖가지 모양의 차양과 손수건, 외침이 한데 어울려 흥분한 관중의 검은 불길 위에서 요란한 춤을 추고 있었다. 목소리의 주인공들이 소용돌이를 이루는 가운데, 하나의 이름이 내 고막을 진동시켰다. 나는 관중들이 열망과 무아지경에서 "크레시! 크레시!"라고 외치는 소리를 들었다. 그러나 잠시 후 그 소리는 팽팽하게 긴장된 현이 끊어지듯이 가라앉았다. 도대체 반복이란 열정을 얼마나 단조롭게 만드는 것인가! 음악이 연주되기 시작했고, 차단벽에 서서 환호하던 군중들은 다시 뿔뿔이 흩어졌다.

승리자의 번호가 기록판에 올랐다. 나는 무의식적으로 그곳을 쳐다봤다. 일등 자리에 7이라는 번호가 반짝거리고 있었다. 나의 눈은 어느새 손가락들 사이에서 잊히던 푸른색 마권으로 향해 있었다. 그런데 내가 쥐고 있던 마권의 번호 역시 7번이었다. 나는 뜻 모를 웃음을 흘리고 말았다. 마권은 당첨된 것이고, 그 선량한 라요스는 본래는 제대로 선택했던 것이다. 하지만 이렇게 나는 악의에 찬 장난으로 말미암아 뚱보를 실컷 골려 주고 돈까지도 빼앗았다.

단번에 뻔뻔스런 변덕이 나를 사로잡았다. 이제 내게 흥밋거리가 된 것은 과연 이 마권의 당첨금이 얼마나 될까였다. 그것이 많으면 많을수록 뚱보에게 더 많은 것을 갈취한 셈이 다. 나는 처음으로 푸른 마권을 자세히 들여다보았다. 그것은 20크로네짜리 마권이었고, 라요스는 굉장한 돈을 '승리'에 걸었던 것이다. 오로지 호기심의 유혹만을 쫓던 나로서는 조금도 숙고하지 않고 군중의 무리를 떠나 출납계로 향했다. 나는 돈을 받으려는 대열에 끼여 당첨된 마권을 제시했다. 계산대에 가려져 전혀 얼굴을 알 수 없는 사람의 굵은 손마디가 20크로네의 아홉 배가 되는 돈을 대리석판에 슬며시 내놓았다.

푸른 지폐로 된 거액이 내게 지불되는 순간, 내 목구멍에서는 웃음이 걸려 나오지 않았다. 나는 잠시 불편한 감정이 되었다. 자신도 모르게 그 낯선 돈을 만지지 않으려고 두 손을 움츠렸다. 나는 차라리 푸른 지폐를 대리석판 위에 그대로 두고 싶었다. 하지만 내 뒷줄에는 이미 사람들이 밀어닥쳐 당첨금을 받으려고 소란스러웠다. 나는 하는 수없이 꺼림칙한 손으로 지폐를 집어 들었다. 내 손에서는 푸른 불덩이가 이글거리는 것 같았다. 장난기에서 시작된 일은 내 의지를 거역하여 얌전한 신사이자 예비역 장교가 저질러서는 안 될 이상한 일이 되어 버리고 말았다.

나는 왁자지껄하는 소리에 둘러싸여 있었다. 많은 사람들이 출납계 앞을 오가며 서로 밀고 부딪쳤다. 나는 여전히 손에 돈을 쥔 채 망설였다. 이제 어쩐다? 어떻게 해야 하나? 당연한 행동이겠지만, 나는 우선 라요스를 찾아가 사과하고 돈을 되돌려 줄까 생각해 보았다. 그러나 도저히 그럴 수는 없었다. 더욱이 저 장교가 보고 있는 자리에서는 그럴 수 없었다. 나도 예비역 중위인데, 그런 고백은 내 계급에 먹칠을 하게 될 터였다. 마권을 줍고는 이미 돈을 인출했다는 것 또한 실은 있을 수 없는 일이었다. 나는 손가락 사이에서 떨고 있는 뭉칫돈을 꾸깃꾸깃 뭉그러뜨려 내던져 볼까도 생각했지만, 군중 속에서는 이것도 의심을 사기 십상이었다. 그렇다고 이 돈을 잠시 동안 보관하거나 지갑 속에 넣었다가 나중에 누군가에게 희사하고 싶지도 않았다.

무엇보다 나는 어린 시절부터 집안에서 길들여져 온 결벽증 때문에 이런 것에 손대는 것만으로도 구역질이 났다. 이 돈을 가지고 사라져야지, 아무 곳이고 어디론가 빨리 사라져야지 … 이런 감정이 내 양심을 마구 조여 대고 있었다. 나는 주변을 힐끗힐끗 둘러보았다. 내가 당황해하면서 어디 숨을 만한 장소나 남의 눈길로부터 벗어날 곳이 있을까 하여 두리번거리고 있었을 때, 머릿속에 갑자기 좋은 생각이 떠올랐다. 매표소 주변으로 사람들이 몰리고 있었다. 이번에는 나 스스로 행운을 점쳐 보면 어떨까 하는 엉뚱한 착상이 문득 떠올랐다. 여기에 생각이 미치자 나는 무거운 부담을 덜은 것 같았다. 내게 돈을 준 심술궂은 우연에다가 그것을 재투자한다는 것, 새로운 판돈을 무엇이든 게걸스럽게 집어삼키는 탐욕의 목구멍 속에다 다시 집어넣는다는 것 … 참말로 이런 착상은 이 시점에서 적절하고도 해방감을 주는 멋진 생각이 아닐 수 없었다.

마침 신문팔이 소년 하나가 경마신문을 들고 지나가고 있었다. 나는 그 아이를 불러 세워 프로그램을 샀다. 나는 낯선 은어로 쓰인 경마용어와 그날그날의 예상평을 더듬어 찾았다. 그러다 마침내 '테디'라는 말과 기수 이름, 마구간 소유자, 흰 빛이 감도는 붉은 말의 색깔 등에 대한 사항을 찾아내곤, 매표소로 걸음을 옮겼다. 그런데 내가 왜 이런 것 따위에 갑자기 흥미를 느꼈을까? 나는 공연히 짜증이 나서 프로그램을 구겨서 내던졌다. 나는 초조하게 섰다 앉았다 하는 일을 반복했다. 내 몸이 갑자기 뜨거워지기 시작했고, 나는 손수건으로 이마에 흥건히 맺힌 땀을 닦아 내야 했다. 목이 뻣뻣해지면서 약간은 어지럼증을 느꼈다. 아직까지 경주마는 출발할 기미를 보이지 않았다.

경마장에는 드디어 종이 울리고, 사람들이 우르르

몰려갔다. 시작을 알리는 종소리가 잠을 깨우는 자명종처럼 돌연 나를 깜짝 놀라게 했다. 나는 자리에서 벌떡 일어났고, 그 바람에 의자가 쓰러졌다. 나는 앞을 향해 부리나케 걸었다. 아니 나도 모르게 열심히 달려갔다. 그 와중에서도 나는 손가락 사이에 마권을 꼭 쥐고 관중들 한가운데로 파고들었다. 혹시 늦지나 않을까, 중요한 순간을 놓치지나 않을까 하는 조바심까지 들었다.

나는 사람들 틈바구니를 마구 비집고 들어가 차단벽 앞 쪽에 이르렀다. 나는 한 숙녀가 막 앉으려던 자리까지도 가로채 앉았다. 나의 무분별하고 미친 듯한 태도를 그녀의 경멸하는 눈초리에서 발견할 수 있었다. 하필이면 그녀는 나와 알고 지내던 R. 백작의 부인이었다. 나는 그녀의 분노하는 이마와 마주쳤지만, 모른 척하고 그녀의 눈초리를 외면해 버렸다. 그리곤 뻔뻔스럽게 자리에 앉아 경마장의 넓은 트랙 주위를 바라보았다.

저 건너 초지에는 작은 무리를 이룬 경주마들이

어릿광대처럼 가지각색으로 차려 입은 기수들을 태우고 정렬한 채, 출발 지점에 바짝 다가서 있었다. 나는 그 말들 중에서 내가 선택한 말을 찾아내려고 했지만, 그러기에는 아직 내 눈이 미치지 않았다. 게다가 눈앞이 열기로 가물거려 얼룩얼룩한 말들의 색깔조차 구분해 낼 수 없었다.

이 순간 두 번째 종이 울렸다. 말들은 하나의 활에서 쏘아진 일곱 개 화살처럼 녹색 통로 안으로 번개같이 뛰어들었다. 어떻게 이 날렵한 짐승들이 땅도 거의 밟지 않고 잔디 위를 질주해 가는지 조용히 심미적으로 관찰하는 것은 멋들어진 일이었다. 그러나 나는 뒤얽혀 달리는 말들의 경주 상황을 자세히 알기 어려웠다. 나는 내가 선택한 말과 기수를 찾아내려고 필사적인 노력을 기울이면서 쌍안경을 가져오지 못한 것이 못내 아쉬웠다. 이리저리 몸을 뒤틀며 살펴보았어도 다만 알록달록한 무리들이 하나의 대열을 이루며 시야에서 멀어져 갈 뿐이었다.

서서히 말들의 형태가 달라지기 시작했다. 가볍게

질주하는 말들은 만곡 부분으로 접어들면서 쐐기 모양으로 구부러졌다. 이어서 선두의 몇 마리는 앞질러 나가는 데 반해, 후미의 몇 마리는 이미 대열에서 떨어져 나갔다. 경주는 갈수록 치열해졌다. 떨어져 나간 후미의 말 몇 마리가 다시 대열에 따라붙기 시작했다. 한쪽이 앞으로 나가는가 하면, 다른 한쪽이 단숨에 추월해 나갔다. 나는 나 자신도 모르게 기수의 모습을 흉내 내면서 전신을 마구 흔들어 댔다.

내 주변은 열띤 흥분으로 가득 차 있었다. 몇몇 경험이 많은 사람들은 트랙을 돌 때 이미 말 색깔을 구분해 냈다. 그들은 자신의 말을 발견하고는 큰 소리로 말 이름을 외치고 있었다. 내 곁의 어떤 사람은 신들린 듯 두 손을 들어올리고, 말 머리의 모양을 흉내 내어 앞으로 돌진했다. 그는 발을 동동 구르며 "라바콜! 라바콜!" 하면서 목청을 높였다. 내 눈에도 라바콜에 올라탄 기수의 푸르스름한 옷이 희미하게 비쳤다. 승리마가 내 말이 아니라는 데 대한 분노가 돌연 나를 엄습했다. 내 곁의 역겨운 사나이로부터 들려오는 "라바콜! 라바콜!"이라는 외침이 점점 더 나를 참을 수 없게 만들었다.

나는 분노가 치밀어 올라 정말 어찌할 바를 몰랐다. 그 녀석의 아우성치는, 쩍 벌어진 아가리에 주먹을 질러 넣고 싶은 심정이었다. 나는 몸을 벌벌 떨었다. 열기가 솟아올라서 몰상식한 어떤 짓이라도 할 수 있을 것 같았다. 그런데 이때 다른 말 한 마리가 선두의 꽁무니를 바짝 따라붙는 것이었다. 어쩌면 테디, 나의 테디일지도 모른다. … 새로운 희망이 솟아나 나의 분노를 어느 정도 식혀 주었다. 실제로 안장에 앉아 말의 엉덩이를 때리는 기수의 팔은 불그스레한 색깔이었다. 그래, 틀림없이 테디야, 테디! 하지만 저 멍청이는 왜 앞으로 나서지 않는 거지? 한 번 더 채찍질을 해, 한 번 더! 어, 저 녀석이 정말 더 바짝 다가섰어! 자, 한 뼘만 더 앞으로 달려 나가. 라바콜? 라바콜이란 말인가? 아, 그런데 라바콜이 아니다! 정말 라바콜이 아니야! 테디, 테디가 앞섰다! 테디! 테디!

나는 너무 놀라 뒤로 펄쩍 물러섰다. 그 자가 누구였던가? 누가 그토록 미친 사람처럼 소리쳤던가? 누가 방금 "테디! 테디!"라고 고함을 질렀던가? 그건 바로 나 자신이었다. 나는 뜨거운 열광의 도가니 한가운데 있는 자신을 발견하고 경악했다. 나는 이런 자신을 놀라워하며 자제하려고 노력했다. 열기에 젖어 있는 가운데 갑작스런 수치심이 나를 죄어 왔다. 하지만 나는 그럴 수가 없었다. 저기서 말 두 필이 나란히 달려들어 오고 있었는데, 한 놈은 내게 미움받고 저주받은 라바콜이었고, 또 한 놈은 테디였다.

주변에서는 이제 "테디! 테디!" 하는 고함소리가 큰 합창이 되어 내 고막을 진동시켰다. 그 외침은 잠깐 동안 제 정신을 찾으려 했던 나를 다시 열광 속으로 낚아채 들어갔다. 그 녀석이 이기는 것은 당연했고, 또 이겨야만 했다.

정말 멋진 장면이 아닐 수 없었다. 방금 다른 자들의 말을 제치고 테디가 한 뼘 정도 앞으로 나왔다. 그리고 우리는 방금 두 마리의 경주마가 연출한 아슬아슬한 차이를 목도했던 것이다. 이 순간 종소리가 날카롭게 울려 퍼졌고, 동시에 탄성과 절망, 분노가 경기장을 뒤덮었다. 이어서 테디라는 선망의 이름이 푸른 하늘을 가득 채웠다. 하늘까지 올라간 그 이름은 그리고 나서 무너져 내렸고, 어디선가 그윽한 선율이 흘러나왔다.

짙은 열기와 구슬땀, 심장의 박동을 못 이겨 나는 의자에서 털썩 내려앉았다. 바닥에 주저앉을 만큼 흥분에 사로잡힌 상태였다. 전혀 맛보지 못했던 황홀경이 내게 홍수처럼 밀려들었다. 이는 우연성이 고분고분 내 도전에 복종한다는 몰아적인 기쁨과 환희를 의미했다. 나는 내 사지의 곳곳에 잠복한 음흉한 유혹을 감지했다. 마술에 홀려 어디론가 끌려가는 듯한 기분 … 이제 그것이 나를 어디로 몰고 갈 것이라는 것을 나는 예상하고 있었다.

그렇다! 나는 승리를 한없이 느끼고 포착하고 싶었다. 돈, 그 바삭바삭한 소리가 나는 보드라운 지폐를 손가락으로 어루만져 내 모든 신경을 자극하고 싶었다. 완전히 낯설고 사악한 욕망이 나를 점령해 버리자, 수치심 따위는 온데간데없고, 그 욕망에 굴복하는 일만이 남아 있었다. 그리하여 나는 몸을 급히 일으켜 세우고 당당한 자세로 출납계를 향해 걸음을 옮겼다. 나는 돈의 무게, 승리감을 맛보기 위해 창구 근처의 사람들 사이를 팔꿈치로 떠밀며 뚫고 들어갔다. 내게 밀려난 사람이 뒤에서 "못된 자식!"이라고 투덜거렸다. 나는 그 소리를 들었지만, 그를 상대할 생각이 없었다. 나는 알 수 없는 병적 조바심으로 몸을 심하게 떨었다. 마침내 내 차례가 되었고, 내 손은 한 묶음의 푸른 은행권을 탐욕스럽게 움켜쥐고 있었다.

나는 그 돈을 꽉 움켜쥐고는 다음엔 무엇을 할까 생각하며 망설였다. 그래, 내기를 계속해서 훨씬 더 많은 돈을 버는 거야 … 아, 그런데 경마신문을 어디에 두었더라? 아뿔싸. 아까 화가 나서 그걸 내던졌었지! 나는 신문을 새로 사려고 주변을 둘러봤다. 이때 사방의 모든 웅성거림이 잦아들고, 사람들이 뿔뿔이 흩어져 출구 쪽으로 나간다는 것을 깨달았다. 출납계 문은 이미 닫혔고, 펄럭이는 깃발도 내려져 있었다. 게임은 끝나 버렸다. 방금 전의 경주가 마지막이었던 것이다.

잠시 동안 나는 멍하니 서 있었다. 왠지 부당한 일이라도 당한 것처럼 화가 부글부글 끓어올랐다. 나의 모든 신경은 곤두서 있었고, 수년간이나 가슴에 냉혈되어 있던 피가 한꺼번에 뜨겁게 흐르는 것 같았다. 지금 게임이 끝나야 한다는 사실을 도무지 받아들이기 싫었다. 혹시 착각이 아닐까 하는 희망에 억지로 매달리면서 눈앞의 현실을 부정해 보려 해도 소용없었다.

다채로운 색깔의 물결이 더욱 거세게 흘러나가고 있었다. 듬성듬성 남아 있던 관중들 사이로 밟혀 눌린 잔디가 고개를 숙이고 있었다. 나는 초조하게 서 있는 자신이 어리석다는 것을 점차 의식하게 되었고, 어쩔 수 없이 모자를 집어 들고 경마장 입구로 걸음을 옮겼다. 입구를 나왔을 때, 심부름꾼 하나가 부리나케 내게 달려와 인사하면서 마차 번호를 물었다. 나는 그에게 내 마차 번호를 알려 주고 파란 지폐 한 장을 건넸다. 그는 몇 번이나 고맙다고 절을 한 뒤, 한 손을 동그랗게 모아 입에 대고 광장 너머로 번호를 외쳤다. 그 즉시 딸랑딸랑 소리를 내는 마차가 내 앞에 달려와 멈췄다.

나는 내가 왔던 중앙로를 향해 천천히 가도록 마부에게 지시했다. 왜냐하면 흥분이 서서히 식어 가는 지금이라도 다시 한 번 모든 순간을 천천히 음미해 보려는 강한 열망을 느꼈기 때문이었다. 이때 다른 마차 하나가 옆으로 지나갔다. 나는 우연히 그 마차를 응시하다가 의식적으로 얼른 눈을 돌렸다. 거기에는 뚱보 남편과 그의 부인이 타고 있었다. 그들은 나를 알아보지 못했다. 그런데도 나는 현장을 들킨 범인처럼 가슴이 조여 오는 것을 느꼈다. 나는 그들의 근처에서 급히 떠나기 위해 마부에게 채찍질이라도 하라고 말하고 싶은 마음이 굴뚝같았다.

마차는, 아낙네들의 고운 봇짐을 싣고 가는 꽃배처럼, 밤나무길 푸른 강변에서 좌우로 흔들리는 나뭇가지 사이로 바퀴를 굴리며 가로수 저편으로 미끄러져 나갔다. 대기는 달콤했고, 날씨 또한 이미 초저녁의 시원한 기운을 보였다. 그윽한 향내가 먼지를 통해 물씬 코끝으로 전해져 왔다. 하지만 아까처럼 쾌적하고 꿈결 같은 느낌은 다시 찾아오지 않았다. 전번에는 강렬한 자극이 나의 가슴속을 휘저어 놓았었다. 이런 생각이 갈라진 틈을 통해 스며드는 기류처럼 돌연 몽롱한 머리를 차갑게 때리고 지나갔다.

나는 다시 매순간을 뇌리에 자세히 떠올렸다. 생각만 해도 내가 저지른 행위들을 도무지 이해할 수 없었다. 상류계층의 구성원이자 예비역 장교요, 존경받던 신사인 내가 거리낌 없이 남의 돈을 차지해서는 지갑 속에다 슬쩍 찔러 넣다니! 미안함이라고는 전혀 없는 탐욕스런 쾌감, 즐거운 유희를 위해 이따위 짓거리를 행하다니! 얼마 전만 해도 규율과 질서를 존중하던 도덕적인 시민이 남의 것을 훔친 것이었다.

　나는 마차가 천천히 달리는 동안 나 자신에게 놀라워하면서 몇 마디 말을 중얼거렸다. "도둑! 도둑! 도둑! 도둑!"이라고 뱉어 낸 말이 "따각, 따각, 따각, 따각" 하는 말발굽 소리와 뒤섞여 기묘한 조화를 이루고 있었다.

3

나는 너희들의 세계에서는 하나의 톱니바퀴, 거대한 기계 속에서 소리 없이 기능을 발휘하는 톱니바퀴였다. 피스톤으로 차갑게 둘둘 말려 올라가면서 자신의 둘레를 공허하게 선회하는 그 기계 속에서 말이다. 나는 알 수 없는 어떤 심층 속으로 빠져들어 가 있지만, 그래도 나는 너희들의 화려한 세계에서보다 이 짧은 순간 동안 더 생동감 있게 살았다. … 더 이상 나는 너희들의 부류에 끼지 않을 것이다. … 앞으로는 결코 너희들 시민적 행운아의 평탄한 해변에서 서성이지 않을 것이다.

그러나 이상하게도 이때 일어난 사건을 지금 어떻게 기술해야 할지 도무지 알 수가 없다. 그것은 정말 말로는 설명하기 어려운 아주 기이한 사건이었기 때문이다. 그럼에도 분명한 것은 내가 그 시점에서 나 자신을 기만하지 않았다는 사실이다. 매 순간의 감정들, 그 시간의 찰나 속에서 떠오른 생각의 잔상들은 30여 년을 살아오며 겪은 어떤 체험과도 비교될 수 없을 만큼 명료하게 떠오른다. 그러나 나는 이 불합리한 일련의 사건들, 내 감각의 무모한 격동을 감히 논리적으로 열거할 엄두를 내지 못한다. 실제로 어느 시인이, 어느 심리학자가 이런 체험을 묘사할 수 있겠는가? 나는 단지 사건의 경과만을 우연히 던져지는 암시에 따라 충실히 기록해 나갈 수 있을 따름이다.

앞서 나는 나 자신을 "도둑, 도둑"이라고 자책한 바 있다. 그 이후 아주 기이하고도 흡사 텅 빈 것 같은 순간, 아무것도 발생하지 않는 일종의 공백 상태가 찾아왔다. 이런 상태에서 —아, 이를 표현한다는 것은 얼마나 어려운가!— 나는 내 자신의 내면에 귀를 기울였다. 나는 나를 불러내 고발하였고, 이렇게 해서 나는 나라는 피고를 나라는 재판관의 질문에 대답하게 할 작정이었다. 나는 귀를 기울여 양심에 호소해 보았지만, 내면에서는 아무 응답도 없었다. 내가 일말의 기대를 가졌던 〈도둑〉이라는 말의 채찍은 나를 놀라게 하여 형용할 수 없는 회오와 수치심에 다가가게 했지만, 그렇다고 해서 어떤 일이라도 발생한 것은 아니었다.

　나는 몇 분간이고 끈질기게 기다렸다. 그러다 보니 내 자신의 내부에서 무엇인가 분노와 회오의 감정이 꿈틀거리며 흐르는 것 같기도 했다. 그렇지만 그것도 잠시뿐, 다시는 아무 일도 일어나지 않았다. 질문은 제기되었으나 아무도 대답하지 않았다. 나는 결국 내 자신 속에서 귀먹고 불구가 된 양심을 일깨우기 위하여 "도둑, 도둑"이라는 말을 아주 크게 뇌까렸다. 그러나 역시 대답은 들려오지 않았다. 그런데 갑자기 나는 부끄러워하기를 〈바랄〉 뿐, 진심으로 부끄러워하는 것은 아니라는 사실을 인식했다. 성냥개비 하나가 불붙어 어둠의 골짜기에서 끌려 나올 때면 그렇듯이, 번쩍이는 의식의 섬광 속에서 불현듯 깨달은 것이었다. 나는 저 어둠의 골짜기에서 어떤 식으로든 비밀스런 미소를 지으며 자만했을 뿐만 아니라, 심지어는 그토록 어리석은 행동이 주는 기쁨을 누리고 있었던 것이다.

　어떻게 그럴 수 있을까? 나는 새삼스레 나 자신에

대해 경악하며 이 뜻밖의 인식을 거부해 보았다. 그렇지만 속일 수 없는 감정의 파도가 내부로부터 물밀 듯이 거세게 솟구쳐 올라왔다. 내 핏속에서 그렇게 뜨겁게 들끓었던 것은 부끄러움이나 격분, 또는 자기모멸도 아니었다. 그것은 오히려 방자함의 투명한 불길로 달구어져 나의 내부에서 활활 타오르던 쾌락과 도취의 기쁨이었다. 그도 그럴 것이 나는 저 짧은 시간 속에서 수년 이래 처음으로, 정말 내가 살아 있으며, 감정 또한 마비되었을 뿐 아직까지는 완전히 죽어 버린 것이 아니라는 것을 깨달았기 때문이었다. 나의 냉담한 표면의 바닥 어딘가에는 아직도 뜨거운 열정의 샘물이 흐르고 있었고, 바야흐로 그것은 우연성이라는 마법의 지팡이에 이끌려 내 심장 위까지 치밀어 오르곤 했던 것이다. 나의 내부에도 세속적인 삶의 비밀스런 활화산이 여전히 타오르고 있었다.

  욕망의 불씨가 꺼지지 않았다는 것은 곧 생명의

잠재력을 의미하고 있었다. 그렇기 때문에 나는 삶을 영위할 수 있는 존재로 살아 있었다. 그것도 뜨거운 정감을 어딘가에 지니고 있는 인간으로 살아 있었다. 나를 가두고 있던 문은 열정의 폭풍으로부터 찢겨 나갈 것 같았고, 내면의 어두운 심연은 입을 크게 벌릴 것 같았다. 그동안 나는 쾌락의 속임수에 현혹되어 내게 경악과 기쁨을 동시에 선사한, 나의 내부에 숨어 있는 이 비밀스런 것을 제대로 파악하지 못했던 것이다. 나는 천천히 —마차가 꿈꾸는 내 몸뚱이를 시민적 부르주아의 세계 저 건너편으로 무심히 싣고 가는 동안— 나의 내부에 깃들어 있는 인간적인 것의 심층 속으로 한 계단 한 계단 내려가고 있었다. 그곳은 침묵의 어둠 속에서 외롭게 존립하는 세계이지만, 나의 강렬하게 불붙은 의식의 횃불에 의해 환하게 밝아질 수 있는 세계였다.

나는 내 주변의 수많은 인간들이 웃고 잡담하며 모여 있는 동안, 나라는 잃어버린 인간을 나의 내부에서 찾고 있었다. 나는 자각이라는 마법의 통로 속에서 세월을 더듬고 있었다. 돌연 완전히 망각했던 사물들이 먼지 낀 내 삶의 흐린 거울로부터 서서히 떠오르고 있었다. 기억해 보니 언젠가 과거에도 친구의 호주머니 칼을 훔친 적이 있었다. 그 친구가 그 것을 찾기 위해 사방을 헤매고, 이 친구 저 친구에게 묻는 모습을 눈여겨 바라본 적이 있었다. 나는 갑자기 여러 차례의 성적 결합의 순간이 가져다주던 비밀스런 냄새를 이해하게 되었다. 나의 욕정은 사회적 망상, 소위 젠틀맨의 오만한 이상에 의해 불구화되고 유린되었던 것이다. 그럼에도 불구하고 새삼 깨닫게 된 것은 나에게도 파묻혀 버린 우물과 수맥 저 아래 깊은 곳에서 삶의 뜨거운 물줄기가 흐르고 있다는 사실이었다.

아, 나는 이럭저럭 살아오기는 했지만, 용감하게 살려고 하지는 않았다. 늘 참된 자신으로부터 도피하여 나 자신을 묶고 숨겨 왔다. 그러나 이제는 억눌렸던 본성이 터져 나와, 풍부하고도 강력한 삶에 의해 압도되었다. 그리하여 나는 아직도 내가 삶에 애

착을 갖고 있음을 알게 되었다. 최초로 어린아이가 자신의 몸속에서 놀고 있다는 것을 감지한 임산부의 행복한 탄성처럼, 나는 삶의 현실, ─이를 어떻게 표현해야만 할지 모르겠다!─ 삶의 진실과 정직성이 나의 내부에서 싹트고 있음을 느꼈다. 나는 사멸해 가던 자신이 어떻게 갑자기 〈소생하였는지〉, 어떻게 붉은 피가 혈관을 따라 힘차게 흐르며, 감정은 그 열기 속에서 어떻게 조용히 흐르는가, 나는 어떻게 해서 톡톡 쏘기도 하고 달콤하기도 한 열매처럼 되었는가를 느끼게 되었다. 물론 이 〈느낀다〉라는 낱말을 사용하면서 부끄러움을 감출 수 없다. 왜냐하면 내게 탄호이저의 구원의 기적은 경마장의 빛무리 속에서, 수천 세속인들의 윙윙거리는 소란 속에서 일어났으며, 거기서 나는 잃어버린 감흥을 느끼기 시작했고, 그럼으로써 메마른 가지는 푸른 잎을 내밀고 꽃봉오리를 열었기 때문이었다.

갑자기 지나가는 마차 안에서 어떤 신사가 내게

인사하며 나의 이름을 불렀다. 나는 그의 말을 처음에는 잘 알아듣지 못했다. 나는 나의 내부에서 울려 나오는 소리, 매 순간마다 체험하는 심원한 꿈의 아늑한 상태를 방해받게 되자 언짢고 분노에 찬 감정이 솟아올랐다. 그러나 나에게 인사한 사람을 보았을 때, 불쾌한 감정은 눈 녹듯이 사라졌다. 그는 학창시절의 동창생이자 지금은 검사인 나의 친구 알퐁스였다. 이런 찰나에 나의 의식은 재빨리 움직이며 번개처럼 빠른 속도로 자신의 말을 토했다. "네게 우정 어린 인사를 보내는 이 친구는 지금 최초로 너를 좌우할 만한 권력을 지니고 있다. 네가 그냥 지나치는 것을 그가 알게 되는 즉시, 너는 그의 수중에 떨어지게 될 것이다. 그가 네 자신의 내막과 행동을 알게 되면, 그는 너를 당장 이 마차에서 끌어낼 것이고, 안전하고 따뜻한 시민적 실존으로부터 너를 축출할 것이 틀림없을 것이다. 그리하여 너는 3년 내지 5년쯤 쇠창살 뒤의 곰팡내 나는 세계, 삶의 찌꺼기들의 세계, 이를테면 오직 고난의 채찍에 의해서만 불결한 감방으로 쫓겨 들어가는 도둑의 무리 속으로 굴러 떨어지게 될지도 모를 일이다." 그러나 불안이 엄습해 나의 떨리는 손목을 차갑게 휘어잡은 것도 한순간에 지나지 않았다. 불안이 내 심장의 박동을 멈추게 한 것도 찰나의 순간에 불과했다. 이런 생각도 그 즉시 뜨거운 감정, 주변 사람들의 공허함을 조롱하고 힐난하는 무모한 자만심으로 변했다.

나는 생각했다. "너희들이 나를 동류로 인정하여 보내는 그 달콤한 동지애의 미소가 어떻게 입가에서 차갑게 얼어붙어 있단 말인가! 만약 너희들이 나를 안다면, 아마도 너희들은 오물을 닦아 내듯 나의 악수를 성난 손으로 거만하게 떨쳐 버릴 것이다. 그러나 너희들이 나를 배척하기 전에, 이미 내가 너희들을 배척했다. 오늘 오후 나는 너희들의 차갑고 말라빠진 세계에서 뛰쳐나왔다. 나는 너희들의 세계에서는 하나의 톱니바퀴, 거대한 기계 속에서 소리 없이 기능을 발휘하는 톱니바퀴였다. 피스톤으로 차갑게 둘둘 말려 올라가면서 자신의 둘레를 공허하게 선회하는 그 기계 속에서 말이다. 나는 알 수 없는 어떤 심층 속으로 빠져들어 가 있지만, 그래도 나는 너희들의 화려한 세계에서보다 이 짧은 순간 동안 더 생동감 있게 살았다. 더 이상 나는 너희들의 소유물이 아니며, 더 이상 나는 너희들의 부류에 끼지 않을 것이다. 나는 지금 공중 아니면 지하, 그 어딘가에 있는 것이며, 앞으로는 결코 너희들 시민적 행운아의 평탄한 해변에서 서성이지는 않을 것이다. 나는 생전 처음으로 가면을 벗고 인간들에게서 이루어진 모든 것을 감지했다. 그렇다면 너희들은 내가 어디에 있었는지 알지 못할뿐더러, 나의 본질을 인식하지도 못하리라. 속물들이여, 너희들이 내 비밀에 대해 뭘 안단 말인가!"

이때 가벼운 충격과 함께 마차는 정지했다. 마부가 말의 고삐를 잡아당겼던 것이다. 그는 마부석에서 몸을 돌리며 "이제는 일을 끝내고 집에 돌아가야 할 시간입니다"라고 조심스럽게 말했다. 나는 불현듯 미혹의 굴레에서 깨어나 가로수 저 너머를 바라봤다. 나는 내가 얼마나 오랫동안 몽롱한 꿈을 꾸었는지, 또 그 도취의 입김이 얼마나 멀리까지 내뿜어졌는지를 문득 깨달았다. 사방은 벌써 어둠의 그림자가 드리워졌고, 나무 끝에서는 서늘하면서도 부드러운 기운이 일렁거렸다. 밤나무들은 서늘해진 대기를 통하여 초저녁의 향내를 내뿜고 있었다. 나뭇가지에 살짝 가려진 달은 나무 뒤에서 은빛 광채를 발하고 있었다. 이것으로 모든 게 충분했고 만족스러웠다. 그렇지만 이제는 집으로, 내가 거주했던 세계로 돌아가야만 하지 않는가!

나는 마부에게 돈을 지불했다. 내가 지갑에서 은행권을 꺼내 손가락 사이에 끼고 그걸 세어 보았을 때, 가벼운 전기가 손목으로부터 손가락 끝까지 짜릿한 기분을 전해 왔다. 내 자신 속의 뭔지 모를 어떤 것이 스스로 수치스럽게 생각했던 과거의 나에 대해 아직도 경계심을 풀지 않았던 것이다. 여전히 죽어 가는 젠틀맨의 양심이 꿈틀대고 있었지만, 이미 나의 손은 훔친 돈을 가볍게 만지작거리고 있었다. 나는 아주 유쾌한 기분이 되어 돈을 아끼지 않았다. 마부가 너무 많다고 한 데 대해 나는 슬그머니 웃지 않을 수 없었다. "만일 당신이 안다면!"이라는 말이 웃음 속에서 흘러나올 뻔했다. 말들이 움직이자 마차는 저편으로 떠나갔다. 나는 출항하는 배의 갑판 위에서 행복했던 백사장을 되돌아보듯이 떠나가는 마차의 뒷모습을 물끄러미 지켜보았다.

잠시 후 나는 음악이 울려 퍼지는 곳에서 웃고, 떠들고, 술렁이는 군중의 한가운데 들어가 꿈을 꾸듯 멍하니 서 있었다. 시간은 어림잡아 7시쯤 된 것 같았다. 나는 무의식적으로 걸음을 옮겨 건너편 자허 가든으로 향했다. 평소에는 언제나 프라터 공원을 둘러본 뒤, 거기서 여럿이 함께 식사하는 것이 나의 오랜 일과였다. 마부들도 그걸 알아 으레 그 근처에서 나를 내려 주곤 했었다. 그러나 고상하게 꾸며진 정원 식당의 울타리 현관문 손잡이를 잡자마자, 나는 어떤 저항감에 사로잡혔다. 아니, 나는 나의 예전 세계로 돌아가고 싶지 않았다. 무엇보다 비밀스럽고 경이롭게 끓어오르는 감흥을 저런 곳에서 시시껄 렁한 대화로 식혀 버릴 마음이 없었다. 나는 몇 시간 전부터 내 자신을 사로잡고 이끌어 가는 불꽃 튀는 모험의 마술로부터 떨어져 나가고 싶지 않았다.

어디에선가 둔중하고도 현란한 음악 소리가 울려 나왔다. 나의 발걸음은 저절로 그곳을 향했다. 이날 따라 모든 것이 나를 유혹하고 있었다. 이렇게 우연 성에 따르는 것이 내게 대단한 쾌감을 선사했다. 부 드럽게 물결치는 인파의 한가운데서 이 둔중한 음 향은 환상적인 매력을 지니고 있었다. 나의 피는 뜨 거운 인간들의 두툼한 혼돈의 반죽 위에서 부글부글 끓어올랐다. 나의 사지는 인간의 숨결, 먼지와 땀, 코를 찌르는 담배 따위의 온갖 냄새에 자극받고 일 깨워져, 돌연 터져 나갈 것처럼 팽팽해졌다. 바로 어 제만 해도 비속하고 저열한 것으로 꺼려했던 그 모 든 것, 이제까지 나의 깔끔한 신사 기질이 오만하게 거절했던 그 모든 것이 불가사의하게도 나의 새로운 본능을 유혹하는 것이었다. 나는 생전 처음으로 야생적이고 충동적인 것, 비천한 것 속에서 나 자신과의 친밀성을 느꼈다. 나는 여기 도시의 찌꺼기 같은 존재들 속에서, 군인이나 하녀, 부랑자들 사이에 끼여, 내게는 완전히 이해되지 않았던 색다른 방식에 동화되고 있었다. 나는 이들의 대기에 섞여 있는 시큼한 냄새를 마음껏 들이마셨다. 그리고는 한 뭉치의 군중 속으로 밀려들어 가 함께하는 것이 행복하게 여겨졌다.

나는 아무 목적도 없이 몰려든 사람들이 나를 어디로 떠밀고 가는지를 흥미롭게 기다려 보았다. 타악기와 하얀 관악기의 연주 소리가 악단으로부터 점점 더 크고 우렁차게 들려 왔다. 커다란 아코디언들은 강렬한 단음조의 형식으로 된 힘찬 폴카와 왈츠를 즉흥적으로 연주하고 있었다. 그런 가운데 노점에서는 요란한 박수 소리가 터져 나왔고, 거리 여기저기에서는 커다란 웃음소리와 주정뱅이들의 고함으로 난장판을 이루고 있었다. 나는 이때 그 옛날 어린 시절, 회전목마가 농부들 사이에서 빙빙 돌아가던 모습을 잠시 떠올렸다. 나는 광장 한복판에 서서 모든 소란이 나의 내부로 밀려들어 와 전신을 가득 채우도록 내버려 두었다. 나는 이 소음의 폭포, 뒤죽박죽의 혼돈 속에서 오히려 편안해졌는데, 왜냐하면 외부의 소리가 나의 내부의 허전한 듯한 부분들을 메워 주는 것처럼 느꼈기 때문이었다.

나는 이 소용돌이의 현장을 계속 주시했다. 하녀들은 오랜만에 화려하게 차려 입은 옷을 뽐내며 여인만이 가능한 것처럼 보이는 환희의 탄성을 내지름으로써 하늘 높이 유혹의 미끼를 던져 올렸다. 푸줏간 업자들은 낄낄 웃으며 무거운 쇠망치들을 동력계 위에 팽개쳐 버렸고, 노점상들은 아코디언의 연주 소리가 무색할 만큼 쉰 목소리와 원숭이 같은 몸짓으로 법석을 떨면서 광장 저편으로 사라졌다. 이렇게 모든 것이 요란한 음향과 소용돌이를 이루는 가운데 서민들의 활력적인 삶이 영위되고 있었다.

군중들은 관악기가 내뿜는 독주와 찬란한 빛의 유희, 함께 모여 즐기는 흡족함에 도취해 있었다. 내 자신이 미몽에서 깨어나게 된 이래로 나는 갑자기 다른 사람들의 삶, 수백만 도시인의 열정을 새롭게 감지하게 되었다. 그들은 뜨겁고도 착실하게 공휴일의 몇 시간을 만끽하고 있었다. 그들은 원하는 만큼 충분히 자신을 자극함으로써 어떤 식으로든 건강하고 본능적인 향락에 도달하고 있었다. 그래서 그들과 함께하면 할수록 나 역시 그들의 열기로 뜨겁게 달구어져 갔다. 그들과의 육체적 교감으로부터 그들의 열망 자체가 나에게 전이되어 오는 것을 느꼈다. 나의 온 신경은 짜릿한 냄새에 자극받아 팽팽히 곤두섰고, 나의 감각은 요란한 소리에 뒤섞여 어지러울 정도로 흔들렸다. 모든 이의 강렬한 쾌감과 철저하게 합치된 혼란한 마비 상태가 한동안 지속되었다. 수년 만에 처음으로, 어쩌면 일생을 통해서도 처음이 될지 모를 순간! 나는 이때 군중, 아니 인간임을 강렬하게 느꼈다.

내 자신의 고독한 존재 안으로 전이되어 들어온 욕구의 근거는 바로 이런 강렬한 힘이었다. 어떤 방어벽이라도 그 앞에서는 무너져 버리고, 그곳에서 끓는 피가 용솟음쳐 들어갔다가 조화롭게 다시 흘러나옴을 느꼈다. 그래서 나는 나와 그들 사이에 남아 있는 껍질마저도 모두 용해시켜 버리고 싶은 갈망, 이 뜨겁고도 아직은 낯선 군중과 일치되고자 하는 열정적인 기대에 사로잡혔다. 나는 남성적인 욕망으로 거대한 육체의 불구덩이를 들여다보았고, 여성적인 욕망으로는 저 교감, 저 외침, 저 유혹과 포옹에 나의 몸을 맡겼다. 그러자 나는 이제 나의 내부에 사랑이, 어린 시절의 여명 속에서만 가능했던 사랑에의 욕구가 들어 있다는 사실을 확인하게 되었다.

아, 나의 사랑은 오직 생동하는 인간의 내부로 들어가 타인들의 떨고, 웃고, 호흡하는 열정과 하나가 되어 그들의 혈관을 고동치며 흘러야 하리라. 나의 사랑은 군중 속에서 아주 사소하고 이름 없이 파묻혀, 때 묻은 세계의 불결한 암반일지라도 그걸 맛있게 파먹는 사소한 벌레처럼 되어야 하리라. 오직 충만함의 내부로, 소용돌이의 맨 밑바닥까지 깊숙이 들어가, 내 자신의 충만함으로부터 쏘아진 하나의 화살처럼 미지의 것, 그러나 실현될 수 있는 저 공동체의 왕국으로 뛰어들어야 하리라.

그 당시 나는 열병에 걸린 듯 도취되어 있었다. 나의 혈관 속에서 온갖 흥분된 소리들이 징징 울리고 있었다. 예를 들어 회전목마의 요란한 종소리, 남자들의 손아귀에 잡혀 점점 더 높아만 가던 여인네들의 쾌락에 물든 교성, 무질서한 음악 소리뿐만 아니라 옷들이 바스락거리는 소리가 한데 뒤얽혀 산만하게 들려 왔다. 모든 소음의 마디마디가 나의 내부로 파고들어 다시 한 번 나의 관자놀이 부분에 뜨거운 전율을 뿌리며 지나갔다. 나는 그때마다 신경조직이 받아들이는 환상적인 자극, 번뜩하며 부딪치는 접촉의 쾌감을 느꼈다. 이는 멀미할 때의 기분과도 흡사했지만, 그럼에도 불구하고 모든 것은 도취의 그물망 속에서 함께 어우러져 있었다.

이렇게 복잡한 심경을 도저히 말로는 형용할 수 없다. 차라리 기계를 예로 들어 비유하는 것이 더욱 적절할지 모른다. 왜냐하면 나는 당장에 내연기관을 터뜨려야 할 만큼 무지막지한 압력을 받아 빠른 속도로 차륜을 돌려야 하는 기계처럼 과열되어 있었기 때문이었다. 손가락 끝은 전기에 감전된 듯 떨리고, 관자놀이는 바늘에 찔린 듯 쿡쿡 쑤셨다. 또 목은 가위눌린 듯 꽉 막혀서 부글부글 핏대가 솟아오르는 것이었다. 나는 감정의 오랜 결빙상태로부터 단숨에 자신을 불태우는 화염 속으로 뛰어들고 있었다.

나는 그때 나의 문을 활짝 열어젖혀야 한다고 생각했다. 말 한마디, 눈빛 한 번으로 자신의 존재를 전달하고, 발산하고, 버리고, 바치고, 낮추어 나 자신의 속박으로부터 풀려나야만 했다. 어떻게 해서든지 따스하고 충만하며 생동하는 요소로부터 나를 떼

어 놓았던 이 딱딱한 껍질을 벗어던지지 않으면 안 되었다. 오랫동안이나 나는 공허한 상념에만 잠겨서 어느 누구와도 참된 말을 나누거나, 서로 손을 잡고 눈빛을 교환하며 지내지 않았었다. 그런데 이제 상황은 바뀌어 침묵은 커다란 방해물이었다. 결코, 정말이지 단 한 번도 지금처럼 이렇게 의사소통의 욕구, 인간을 향한 욕구가 넘쳐흐른 적이 없었다. 나는 지금 수천수만의 물결 한가운데서 열기와 말의 홍수에 씻겨 내리고 있었다.

나는 군중의 바다에서 먹을 물을 구하는 외로운 항해자나 다름없었다. 종종 내 몸의 좌우에서 이질적인 것이 몸을 비비며 달라붙어서 고통스러웠다. 그것은 마치 수은 덩어리처럼 제멋대로 엉겨 붙어 있었다. 지나가는 젊은 놈팡이가 낯선 아가씨에게 첫 마디 말을 건네자마자 그녀를 꾀어내는 것을 보고서 나는 질투심까지 솟아올랐다. 이렇게 모두가 한데 붙고 뭉쳐서 행동하고 있었다. 회전목마에서의 가벼운 손짓, 몸을 부딪칠 때 한 번의 눈빛이면 그것으로 충분했다. 서로 이질적인 것들이 하나의 대화로 융합되어 몇 분 뒤에는 녹아 없어지는 것이었다. 이는 어떤 규칙도 없는 상태에서의 상호 연대와 통일, 자유로운 교류였다. 반면에 주로 사회적 대화에만 능숙했던 젠틀맨, 인기 있는 수다쟁이이자 형식적인 면에서 완벽했던 나는 널찍한 엉덩이를 지닌 처녀들 중 하나에게 말을 건네는 것조차도 몹시 불안하고 쑥스러웠다. 그녀가 나를 보고 미소를 지을까 두려웠고, 누군가의 눈빛이 내게 머물면, 나는 얼른 눈을 내리깔았다. 그러면서도 속으로는 말을 건네고 싶은 열망에 몸을 떨었다. 물론 내가 사람들에게 원했던 것이 무엇인지는 분명치 않았다. 다만 혼자 있다는 생각, 고독의 열기로 스스로를 태울 수밖에 없다는 사실은 견디기 어려웠다.

하지만 그 많은 사람들이 나와 부딪치고 내 곁을 스쳐 지나갔어도, 누구 하나 내게 관심의 눈길을 주지 않았다. 어느 누구도 나를 의식하려 하지 않았다. 어쩌다 한번 누더기 옷을 걸친 스무 살 가량의 젊은 친구가 내 근처로 걸어왔다. 회전목마를 진지하게 바라보는 그의 눈은 불빛에 반사되어 번쩍거렸고, 그의 작은 입은 비를 기다리는 우물처럼 벌어져 있었다. 그는 목마를 탈 돈이 없어서 다른 사람들의 비명과 웃음소리만으로 즐거움을 빨아들이고 있는 게 분명했다.

나는 그에게 다가가 힘차게 물었다. 하지만 왜 나의 목소리는 그렇게도 떨리고 미온적이었던가? "저와 목마를 함께 타지 않겠습니까?" 그는 잠시 얼떨떨해 하는 표정을 지어 보였다. 그런 뒤 기가 막힌다는 듯 나를 빤히 쳐다보고는 얼굴을 붉히며 한마디 말없이 떠나가 버렸다. 아니, 왜 그랬을까? 정녕 맨발로 거리를 돌아다니는 어린애조차 나의 소망에 답하지 않았다. 무엇인가 내게는 그들에게 낯선 것이 있음에 틀림없었다. 그렇기 때문에 나는 그들과 함께 섞이지 못하고 서성거릴 따름이었다. 나는 수면

위에 떠 있는 한 방울의 기름처럼 군중과 분리된 채 따로 움직이고 있었다.

그러나 나는 단념하지 않았다. 더 이상 여기 혼자 남아 있을 수는 없었기에 사람들의 물결을 따라 이동했다. 나의 두 발은 먼지 자욱한 구두 속에서 불길로 타올랐고, 말을 갈망하는 목구멍은 웅성대는 소음을 향해 전율했다. 나는 사방을 둘러보았다. 거대한 물살을 이루며 흘러가는 인파의 좌우에 자그마한 푸른 섬이 사람들의 상륙을 기다리고 있었다. 붉은 식탁보와 생나무로 된 의자가 있는 음식점이 그것이었다. 그 의자에는 소시민들이 걸터앉아 맥주 한 잔과 잎담배로 휴일을 즐기고 있었다. 그들의 모습이 나의 시선을 끌었다. 거기서 낯선 손님들이 함께 앉아 대화를 나누며 그날의 뜨거운 열기를 식히고 있었다.

나는 걸어 들어가 빈자리가 있는지 살펴보았다. 한참 뒤에야 한 서민 가족의 건너편에서 빈자리를 발견했다. 거기에는 뚱뚱하고 각진 얼굴 모양의 수공업자와 그의 부인, 두 쾌활한 소녀와 한 사내아이가 함께하고 있었다. 그들은 음악에 맞춰 머리를 흔들면서 자기들끼리 농담을 즐기고 있었다. 그들의 만족스럽고 가벼운 눈빛에 나의 마음이 편안해졌다. 나는 정중하게 그들에게 인사하면서 손으로 의자를 잡고 옆자리에 앉아도 좋은지를 물었다. 그들은 즉시 웃음을 그치고 모두가 서로에게 동의를 구한다는 듯 침묵하는 것이었다. 조금 지나서야 부인이 어리둥절한 표정을 지우지 못한 채 "예, 앉으시죠!"라고 대답했다.

나는 자리에 앉자마자 내가 그들의 유쾌한 기분을 망쳐 놓았다는 느낌을 받았다. 왜냐하면 계속해서 서먹서먹한 침묵이 식탁 주변을 감돌았기 때문이었다. 나는 소금과 후추가 지저분하게 널려 있는 붉은 격자무늬의 식탁보에서 눈을 들 엄두를 내지 못했다. 그들 모두가 나를 이상한 눈초리로 관찰하고 있다는 것을 깨달았다. 나는 이 싸구려 음식점에 비해 너무나 우아하게 보일 만큼 화려한 경마복을 입고 있었다. 게다가 프랑스제 넥타이핀과 진주를 박은 연한 잿빛 넥타이까지 매고 있었던 것이다. 나는 뒤늦게야 이런 점을 자각했다. 나의 예의바르고 우아한 태도라든지 고급스런 향수 냄새는 거기서도 당장 나에 대한 당혹감 내지 적대감을 자아내기에 충분했다. 계속된 침묵으로 인해서 나는 점점 더 깊숙이 식탁 쪽으로 고개를 숙일 수밖에 없었고, 마침내 쓰디쓴 절망감에 사로잡혀 마냥 식탁보의 무늬 수만 세고 있어야 했다.

한 순간 수치심이 생겨서 벌떡 일어나고 싶었다. 그런데도 나는 감히 고통스런 눈빛조차 드러내지 못했다. 급사장이 와서 무거운 맥주잔을 내 앞에 놓았을 때에야 비로소 나는 무거운 형벌에서 구원받을 수 있었다. 그제야 나는 손을 움직여 맥주를 마시면서 슬쩍 맥주잔 가장자리 너머로 그들의 동정을 살폈다. 실제로 그들 모두가 나를 관찰하고 있었는데, 이는 증오심에서 비롯된 것이라고는 할 수 없어도,

분명히 메울 수 없는 어떤 이질감에서 나온 행동이었다. 그들은 자신들의 투박한 세계로 뛰어든 침입자를 발견하고, 그들 계층만이 지닌 순박한 본능으로 내가 여기서 이상한 행동을 하고 있다고 여겼을 것이다. 그들은 나를 이리로 오게 한 것이 왈츠라든가 맥주, 일요일의 단순한 기쁨이 아니라, 그들이 불신하고 있던 일종의 악의에 찬 욕망이라고 생각했을 것이다.

회전목마 앞에 있던 젊은 친구가 나의 호기심에 불신감을 가졌던 것이나, 저 밖에 무리지어 있던 군중들이 알 수 없는 적대감을 품고 나의 고상하고 신사인 체하는 태도를 회피했던 것도 똑같은 이유에서였을 것이다. 그렇지만 나는 지금 내가 소박하고 진심에서 우러난 인간적인 말을 건너편의 가족에게 건넨다면, 아버지나 어머니는 물론이고 딸들도 생글생글 미소를 지으리라고 생각했다. 그렇게 되면 나는 사내아이와도 밖에 있는 노천시장으로 달려가 천진한 놀이를 즐길 수 있을지 모를 일이었다.

그러나 나는 그 진솔한 말, 자연스런 대화의 첫 번째 실마리를 찾아내지 못했다. 설명하기 어려운 수치심이 발동해서는 말문을 열지 못하도록 나의 목구멍을 조르는 것이었다. 나는 이 소박한 사람들의 식탁에서 죄인처럼 고개를 숙이고 앉아 있었다. 나는 나라는 기분 나쁜 존재로 말미암아 그들이 휴일의 마지막 시간을 방해받았다는 데 대한 고통에 휩싸여 있었다. 그리고 마냥 괴로움에 마음 졸이면서, 지나온 세월 동안 타인에게 냉담했던 나의 그 어리석은 자만심을 후회하고 있었다. 나는 이런 자만심 때문에 수천 개의 식탁을, 아니 수백만 인류 동포를 못 본 체하고 지나쳤고, 저 고상함이라는 밀폐된 서클에서 오로지 행복과 성공에만 전념해 왔던 것이다. 나는 추방의 순간을 맞이하여 그들을 향한 직선로가 무엇보다 내 자신으로부터 완전히 봉쇄돼 있음을 절감했다. 사심 없는 소박한 말 한마디조차 가슴에서 우러나 목구멍 밖으로 튀어나오지를 않았으니 말이다.

이렇게 해서 여태까지 자유로운 인간이었던 나는 회오의 아픔에 가득 차 고개를 숙이고, 급사장이 내 근처로 올 때까지 식탁보 위에 놓인 송아지 갈비의 숫자를 거듭해서 헤아리며 앉아 있었다. 나는 급사장을 불러 계산하고, 맥주가 거의 그대로 남아 있는 맥주잔을 남겨 둔 채 일어나 그 가족에게 정중하게 인사했다. 그들은 친절함을 보이면서도 놀라움을 금치 못하는 표정으로 내 인사에 답했다. 하지만 내가 미처 몸을 움직여 나가기도 전에 나는 깨달았다. 그들은 내가 등을 돌리자마자 처음처럼 활발하고 쾌활한 분위기로 되돌아가고 있었다.

나는 다시 소용돌이치는 인파에 눈을 돌렸다. 그러나 이번에도 역시 나는 강한 열정과 뜨거움이 절망감과 한데 뒤섞이는 느낌을 받았다. 군중의 무리는 하늘을 덮을 만큼 솟구친 나무들 아래서 아까보다는 한층 맥이 풀려 있었다. 빙글빙글 도는 회전목마 부근에도 더 이상 사람들이 몰려들지 않아 심한 혼잡을 이루지는 않았다. 이제 광장의 양 끝은 긴 그늘을 드리운 채 조용해지고 있었다. 흡사 흥을 토하듯 요란하던 군중의 웅성거림도 갈수록 잦아들었다. 어디선가 음악이 물러가는 인파를 다시 한 번 낚아채려고 현란하게 연주되면, 사람들의 웅성거림조차 마디마디 잘려 나갔다.

이제 서서히 다른 얼굴들이 거리에 등장하고 있었다. 풍선과 사탕봉지를 든 어린아이들은 이미 집으로 가 버렸고, 너무 많이 돌아다녀 피곤해진 휴일의 나들이 가족들도 얼굴을 찌푸리고 있었다. 벌써 괴성을 지르는 술주정뱅이들이 하나둘씩 눈에 띄고 있었다. 빈둥거리며 배회하는 부랑자들이 가로수 옆에서 불쑥불쑥 튀어나오기 시작했다. 내가 낯선 식탁의 가시방석에 앉아 있던 단 한 시간 사이에, 이 기이한 세계는 더욱 빠르게 비속함 속으로 미끄러져 떨어지고 있었던 것이다. 그러나 어쨌든 바로 저 인광을 발하는 무도함과 위험성의 대기가 이전에 거처하던 안락한 시민적 대기보다는 훨씬 더 내 마음에 들었다. 나의 내부에서 요동치는 본능은 여기서 짜릿한 긴장감을 맛보려고 혀를 내밀고 있었다.

　나는 이 의심쩍은 형상들, 사회에서 추방된 자들이 보여 주는 비상식적 행동거지에 어떤 식으로든 이끌려 들었다. 그들도 분명히 여기서 마음을 졸이며 순간의 자극과 긴박한 모험을 찾아 헤매고 있었던 것이다. 나는 누더기 옷을 걸친 부랑자들에게서 일말의 부러움까지 느꼈다. 그 까닭은 무엇보다 그들의 행동방식이 어떤 틀에 얽매임 없이 자유로웠기 때문이었다. 내가 침묵과 외로움의 고통을 내몰기 위해 갖은 애를 쓰며 회전목마의 기둥 옆에 서 있었을 때, 그들은 그들의 욕구가 명하는 대로 거리를 활보하거나 이리저리 비틀거리고 있었다. 나는 그저 멍하니 서서 빙빙 도는 불빛의 반사광 속에서 이동하는 회전목마의 빈자리를 바라보고 있을 따름이었다. 나는 한편으로는 내 고독한 불의 섬으로부터 어둠을 들여다보았고, 다른 한편으로는 어리석은 기대감에 부풀어 올라 잠시나마 휘황찬란한 불빛에 이끌려 다가오는 사람들을 흘끗 쳐다보았다. 그럼에도 불구하고 매번 그들의 눈길은 내게서 차갑게 미끄러져 떠나갔다. 아무도 나를 원치 않았고, 아무도 나를 구원하지 않았다.

4

그녀에 대한 무한한 동정심, 그녀가 지닌 그 모든 것에 대한 공감, 애정에 속하면서도 관능적 욕심이 아닌, 어떤 따뜻한 감정이 나를 엄습해 왔다. 나는 그녀의 말라빠진 작은 팔을 마냥 쓰다듬었고, 한 가련한 인간에 대한 감동을 참을 수 없었다. 나는 마침내 고개를 숙여 어안이 벙벙해진 그녀에게 키스했다.

내가 지금 써 내려가는 것들을 누군가에게 말하거나 설명하는 것이 부질없는 짓임을 나는 알고 있다. 나는 원래 교양 있고 고상한 시민이자 부자였고, 인구가 백만이 넘는 화려한 도시에서 최상류 인사들과 가깝게 교제하고 지냈었다. 그런데 나는 도저히 잊을 수 없는 그날 밤, 시끄럽게 삐걱거리며 쉴 새 없이 회전하는 목마의 기둥에 한 시간 내내 기대서 있었다. 거기서 나는 스무 번, 마흔 번, 백 번이고 똑같은 빠르기로 반복되는 폴카의 비틀대는 곡조와 왈츠의 똑같이 질질 끄는 선율을 무수히 들었다. 게다가 몽롱하게 빙빙 돌아가는 불빛 속에서 채색된 목마의 말머리를 계속 만지작거리고 있었다. 나는 그때 쓰디쓴 저항감, 나의 의지로 운명에 다가서려는 불가사의한 감정에 이끌려 조금도 자리를 뜨고 싶은 마음이 없었다.

나는 알고 있다. 저 마술적 환상의 시간 속에서 평소와는 달리 아주 어처구니없는 행동을 했었다는 걸. 그러나 그런 행동 속에는 어떤 불굴의 의지가 작용하고 있었고, 그로부터 뜨거운 감정의 긴장과 근육의 경련이 일어나고 있었다. 그런 것이 없다면, 아마 인간은 삶의 도정에서 단 한 번만 엎어져도 빈사 상태에 놓인 것처럼 공허하게 느끼게 될 것이다. 나의 삶, 허무하게 지나가 버린 인생의 모든 흔적은 그때부터 돌연 거센 물결로 흘러넘쳐, 그 물살이 목구멍까지 솟아 넘실대고 있었다. 나는 감정의 고통과 거센 흔들림마저도 향유하고 있었다. 회전목마의 기둥에 기대서 있었던 나는 무엇인가 참회를 했는데,

그것은 경마장에서 도둑질한 행위에 대해서라기보다, 무디고 미온적이며 공허했던 내 과거의 삶에 대해 참회했다. 나는 결코 예전으로 돌아가지 않겠다고 맹세함으로써 과거의 운명에서 풀려난 내 자신의 본성을 돌려받으려 했던 것이다.

이렇게 시간을 보내고 있을 때, 밤은 그만큼 가깝게 닥쳐왔다. 차례차례 점포의 불이 꺼져 들고 있었다. 이어서 어둠이 불어나는 강물처럼 장막을 올리며 잔디 위에서 가물거리던 불빛마저 집어삼켰다. 내가 서 있던 밝은 섬이 갈수록 고립되자, 나는 몸을 떨면서 시계를 들여다보았다. 15분만 더 있으면 얼룩덜룩한 채색 목마들은 멈출 터이고, 그들의 이마 위에서 빛나던 붉고 푸른 백열등들도 꺼질 것이다. 아울러 한껏 흥을 내며 뽐내던 아코디언 연주자도 음악을 중단할 참이었다. 그러면 나는 완전히 어둠에, 여기 조용히 흘러가는 밤의 적막에 홀로 남아, 소외와 고독에 파묻히게 될 참이었다. 점점 더 나는 불안한 눈빛으로 어둠이 내려앉는 광장을 건너다보았다. 아주 드문 일이었지만, 간혹 광장 너머로 한 쌍의 연인이 발걸음을 재촉하고 있었다.

그렇지만 이제부터 주목해야 할 것은, 아직도 광장의 양쪽 그늘 속에는 부들부들 떨며 흥분을 꿀꺽 삼키는 무리들이 숨어 있었다는 사실이다. 때때로 사내들 몇 명이 지나갈 때면 휘파람과 손가락 튕기는 소리가 들려왔다. 사내들이 불현듯 그 소리에 이끌려 어둠 속으로 뛰어들면, 그 그늘 속에는 여인네들의 음성이 나직하고도 비밀스럽게 들려왔다. 그러다가 바람이라도 불면, 날카롭게 찢겨 나온 교성과 웃음소리가 그늘 속에서 튀어나오곤 했다.

점차 어둠의 가장자리는 광장의 둥글고 환한 빛의 원환과 현격하게 대비되어 더욱 괴상한 분위기를 자아내고 있었다. 마침 지나가는 한 경찰관의 둥근 헬멧이 가로등 불빛에 반사되어 가물거리는 빛을 발하다가는, 뚜벅뚜벅 발걸음 소리와 함께 멀리 칠흑 같은 어둠 속으로 사라져 버렸다. 그 경찰관이 사라지자, 광장 부근에는 어둠 속에 숨어 있던 그림자들이 사방에서 모습을 드러내기 시작했다. 나는 그 그림자들이 가로등 불빛 쪽으로 다가갔을 때, 대강 윤곽으로나마 그들의 정체를 확인할 수 있었다.

그들은 바로 밤의 세계를 살아가는 쓰레기들, 유동하는 인파의 뒷전에만 머물러 있다가, 해가 지면 나타나는 밤의 인간들이었다. 몇몇 창녀들, 누울 자리도 없어 낮에는 맨땅에서 쭈그려 자고, 밤에는 정처 없이 서성거리는 노숙자와 거지들, 낮의 세계로부터 추방당한 자들이 바로 어둠 속 그림자들의 정체였다. 그들은 후미진 어떤 곳에서 은자 한 푼에도 모욕 받고, 말라비틀어진 자신의 망가진 몸뚱이를 스스럼없이 열어 보이는 사람들이었다. 경찰로부터는 감시당하고, 먹을 것이 없어 굶주리고, 깡패들에게 쫓기고, 언제나 어둠 속에서 기웃거리며 먹이를 추적하거나, 반대로 먹잇감이 되어 추적당하는 가련한 사람들이었다.

그런데 이 그림자들이 굶주린 개처럼 어떤 남자의 체취, 군중의 대열에서 낙오된 사내를 향해 코를 벌름거리며 광장의 환한 불빛 쪽으로 모여들었다. 그들은 한 남자에게서 욕구의 대가로 1크로네쯤 받아서, 싸구려 술집에서 구입한 포도주 한 병을 마시곤, 결국 의료원이나 감방에서 소리 없이 꺼져 버릴 사람들이었다. 쓰레기란 휴일의 군중으로부터 흘러나온 정념의 마지막 남은 거품이나 찌꺼기 바로 그것이었다.

이때 나는 형용할 수 없을 만큼 놀라, 유령 같은 이 굶주린 무리들을 몰래 숨어서 바라보고 있었다. 나의 놀라움에는 아까와는 또 다른 마술적 쾌감이 섞여 있었다. 그 이유는 가장 비천하고 추악한 사람들의 행태를 바라봄으로써, 나는 나의 감정의 상실과 신경의 차가움을 다시 한 번 제대로 인식할 수 있었기 때문이었다. 그들의 세계에는 인광을 발하며 내 감각의 내부로 타들어 오는, 뜨겁고도 끈끈한 불덩이가 있었다.

이제 저 환상의 밤이 돌연 나를 찾아온 것이다! 그
것이 나를 얽어맨 구속을 풀어 버려, 이제 내 과거의
가장 어둡고 원초적인 것, 내 내적 충동의 가장 비밀
스러운 것이 열리게 되었던 것이다! 그 얼마나 기이
하고 다행한 일인가!

　무딘 감정은 아득한 소년 시절의 잊어버린 시간
위에서 꿈틀거리기 시작했다. 아, 그 시절, 호기심에
끌리면서도 머뭇거렸던 수줍은 눈빛은 생전 처음 삐
걱거리고 습기 찬 계단에서 어느 소녀의 눈과 마주
쳤었지 … 그리고는 그녀를 쫓아가 그녀의 침실로
들어갔었지 … 번개가 밤하늘을 갈라놓듯이 나는 잃
어버린 시간의 파편들, 그녀의 침대 위에 걸려 있던
펑펑한 채색 판화라든가, 그녀가 가슴에 달고 있던
이상하게 생긴 부적 등을 기억해 냈다. 나는 실타래
처럼 헝클어져 있던 그 당시의 모든 정황을 눈앞에
삼삼하게 떠올렸다. 예를 들어 막연한 불안이랄지
메스꺼움, 소년다운 최초의 거부감 따위를 생각해
냈다. 그 모든 것이 한꺼번에 나의 육체 속에서 파동

치기 시작했다. 너무도 생생한 과거의 모습이 갑자기 나의 머릿속으로 밀려들어, 나는 그 즉시 나와 저 가련한 인간들 사이에 뜨거운 공감대를 형성해 주는 그 모든 관계를 이해하게 되었다.

내가 그것을, 그 비밀스런 교감을 어떻게 설명할 수 있으랴! 그들은 삶의 극한에서 살아가는 거품과 같은 존재였으며, 언젠가 범죄에 의해 자극된 나의 본능으로 미루어, 그들의 욕망의 방탕함 내지 비천함 또한 나의 방탕함과 전혀 다를 바가 없었던 까닭이다. 그들의 삶의 방식은 결국 모든 감정과 우연히 스쳐 지나가는 욕망을 범죄적으로 외부에 드러낸다는 게 나와 다를 뿐이었다. 나는 경마장에서 훔친 돈지갑이 가슴 부위에서 강렬하고 뜨겁게 타오르는 기분에 사로잡혔다. 이는 내가 저 건너편에서 마침내 인간이라는 생물체, 말이 통하는 인간들을 찾아냈을 때와 흡사한 느낌이었다. 나는 그곳에서는 나 자신을 누군가에게 바치고자 기다릴 뿐인 존재, 인간에 대한 그리움으로 몽땅 타 버린 존재였다. 이렇게 해서 나는 무엇이 사내들을 그런 비천한 존재로 몰아가는 것인지를 잘 이해하게 되었다. 그것은 그저 들끓는 혈기나 부풀어 오른 욕정이라기보다는, 오히려 고독에 대한 불안, 나아가 우리들 사이에 높아만 가는 경악스런 이질감에 대한 불안이었다. 나는 불안의 의미와 본질을 오늘에서야 처음으로 깊이 깨달았다.

내 곁에서 아코디언 연주가 우렁차게 시작됐다. 이번이 목마 운행의 최종회이자 어둠 속을 빙빙 돌며 자신을 사방으로 뿌려대는 불빛의 마지막 팡파르였다. 이것으로 일요일의 흥미로운 놀이가 끝나고, 따분한 평일이 닥쳐오게 된다. 그런데도 목마는 빈자리만을 남기고 미망의 원환을 돌며 달려가고 있었다. 매표소에는 피로에 찌들어 녹초가 된 부인이 그날의 행운권을 긁어모아 하나씩 세고 있었다. 일꾼들은 마지막 회전이 끝나기도 전에 갈고리를 가져와 장막을 걷어 내릴 준비를 하고 있었다. 나는 광장으로 눈을 돌려 박쥐처럼 그늘 속에서 숨바꼭질하던 사람들을 찾아내려고 애썼다. 밤의 그림자들은 나처럼 무엇인가를 기다리고 갈구할지도 모를 일이었다.

어둠 속에서 한 여인이 나와 눈을 마주치자, 그 여인은 천천히 내 쪽으로 다가오기 시작했다. 그녀가 살금살금 다가와 내 앞에 섰을 때, 나는 눈을 내리깔고 그녀를 살펴보았다. 그녀는 발육부진 때문에 왜소하고, 등은 활처럼 굽어 있었다. 게다가 촌스럽게 장식한 누더기 옷과 닳아빠진 발레슈즈가 그녀의 기괴한 몸집을 더욱 괴상한 형상으로 보이게 했다. 그녀는 그 모든 장식품을 여기저기서 주워 모았거나 고물상에게서 사들인 것 같았다. 옷의 뒷자락은, 비를 맞아서인지 아니면 어느 풀밭에서 모험을 벌여서인지 마구 접히고, 쓸리고, 짓밟혀 있었다.

그녀는 옷자락을 살랑살랑 흔들며 내 곁으로 한 걸음 더 다가섰다. 그리고는 낚싯바늘 같은 예리한 눈빛을 던지고, 지저분한 이빨을 드러내 보이며, 유혹의 미소까지 흘리는 것이었다. 나의 호흡은 일순간 정지되어 버렸다. 나는 몸을 꼼짝할 수도, 그녀를 바라볼 수도, 그렇다고 그녀를 피해 달아날 수도 없었다. 나는 마치 최면술에라도 걸린 듯 드디어 한 인간이 나를 열렬히 갈구하거나, 누군가가 내게 구애한다고 여겼다. 그리고 마침내 이 비참한 고독, 군중으로부터 추방당한 신세를 단 한 번의 몸짓만으로 떨쳐 버릴 수 있으리라 생각했다. 하지만 막상 무엇인가 응답의 몸짓을 취하려 해도 도무지 몸을 움직일 수가 없었다. 나는 한동안 내가 기대고 있던 기둥처럼 뻣뻣하게 서 있었다.

마침 회전목마에서 흘러나오던 음악 소리도 꺼져 가고 있었다. 나는 암흑의 세계로부터 어떤 인간적인 것의 끈끈한 흡인력을 생생하고 충만한 것으로 느끼기 위해 잠시 눈을 감았다. 회전목마는 달리는 것을 멈췄고, 왈츠풍의 음악도 최후의 신음을 토하며 그쳤다. 나는 눈을 번쩍 뜨고 행여 내 곁의 그림자가 사라져 버리기라도 할까 봐 입술을 꽉 깨물었다. 그녀가 여기 목석처럼 서 있는 자의 곁에서 마냥 기다린다는 것은 그녀에게 너무 지루할지도 모른다! 환상의 밤에 나를 찾아온 유일한 인간을 이렇게 내버려 둬서는 안 된다! 나는 초조함과 조바심 때문에 어쩔 줄을 몰랐고, 몸이 서서히 뜨거워지는 것을 감지했다.

아, 그러나 내 일생에 있어서 가장 기억할 만한 행운이 찾아왔던 것이다! 가만히 서 있던 그녀가 내 쪽으로 몸을 움직이고는, 다시 한 번 아주 기계적으로 눈길을 건넸다. 내가 그녀를 바라보자, 그녀는 잠깐 멈칫거렸다. 아마도 나의 충혈된 눈초리, 내 눈빛에 고여 있는 감정의 분출이 너무 강렬해서, 일순간 그녀가 경계심을 드러낸 것이리라. 하지만 그녀는 억지로 미소를 지어 보이며, 머리를 흔들어 나를 광장의 그늘진 쪽으로 오라는 시늉을 해 보였다. 마침내 나는 육체의 경직과 마비라는 무서운 속박에서 탈출구를 찾게 되었다. 나는 생기를 되찾았고, 그녀에게 고개를 끄덕여 응낙의 표시를 보냈다.

이렇게 해서 쌍방 간에 묵계가 형성된 것이다. 이제 그녀는 내가 뒤따라오는지 간간이 확인하면서 어둠이 깃든 광장 너머로 걸어갔다. 나는 무릎이 납덩어리처럼 무거웠지만, 발걸음을 재촉했다. 자석에 이끌리듯 그 왜소한 여자의 뒤를 따라갔다. 나는 의식적으로 따라간 것이 아니라, 그녀가 잡아당기는 비밀스럽고 불가사의한 힘에 이끌렸다. 그녀는 상점들을 지나 어두운 골목길에 접어들자 발걸음을 늦췄다. 나는 그녀와의 거리를 좁혔다.

그녀는 몇 초 동안 나를 검사하듯 의심스런 눈초리로 바라보았다. 그녀는 나에 대해 뭔지 모를 불안감을 드러내고 있었다. 나의 유별나게 부끄러워하는 태도라든가, 내게서 엿보이는 단정함이 그녀에게는 당연히 의심스러웠을 것이다. 그녀는 수차례나 사방을 둘러보며 머뭇거렸다. 그런 뒤에야 광산의 암굴처럼 어두운 골목 안쪽을 손가락으로 가리키며 이렇게 말했다. "우리 저 건너편으로 가요. 곡마장의 뒤는 아주 어둡답니다."

나는 선뜻 대답하지 못했다. 이런 저속하기 짝이 없는 만남에 당황할 수밖에 없었다. 나는 그저 한 푼의 돈으로든, 아니면 다른 핑계를 대서라도 이 자리를 빠져나가고 싶었다. 그러나 다른 한편에서 울려 나오는 욕구가 도피하려는 마음을 억눌렀다. 나는 눈썰매를 타고 언덕을 내려가듯 굉장한 속도로 어디론가 미끄러져 떨어지고 있었다. 이럴 때면 우리는 죽음에 대한 불안과 속도의 광적인 쾌감에 휩싸여, 제동을 걸기보다는 몽롱한 눈빛으로 자신의 의지와는 상관없이 앞으로 내닫게 되는 법이다.

나는 더 이상 뒤로 물러설 수 없어서 앞으로 한 걸음 발을 내디뎠다. 그리고 그녀가 경계심을 풀고 나를 지그시 포옹했을 때, 나는 무의식적으로 그녀의 팔을 잡았다. 그녀의 팔은 어른의 팔이 아니라, 질병으로 자라지 못한 어린애의 팔처럼 비쩍 말라 있었다. 내가 얇은 망사를 통해 그녀의 팔을 만지자마자, 손끝으로 감정의 물결이 전기처럼 짜릿하게 전해져왔다. 오늘 밤 가련하게 부서진 나무토막이 파도를 타고 밀려와 내 고독한 해안에 안기는 순간이었다. 나의 손가락은 어느덧 그녀의 메마르고 병약한 뼈마디를, 어느 여인에게도 그래 본 일이 없을 만큼 부드럽고 소중하게 어루만지고 있었다.

우리는 어슴푸레한 거리를 가로질러 작은 숲으로 들어갔다. 휘어진 나뭇가지들은 칙칙하고 비릿한 어둠의 그림자를 드리우고 있었다. 이미 그녀의 윤곽은 자세히 보이지 않았지만, 그녀가 조심스럽게 내 팔을 풀고 몇 걸음, 또 몇 걸음 앞으로 나아가고 있음을 알 수 있었다. 그런데 참으로 신기한 일이 벌어졌다. 내가 마치 마비된 것 같은 상태에서 불결한 모험으로 미끄러져 들어가는 동안에도, 나의 감각은 지극히 활발하게 살아 불붙고 있었던 것이다. 내 감각의 투명함은 어떤 것도 놓치는 일이 없이 모든 사물의 움직임을 속속들이 지각하고 있었다.

이때 나는 가로질러 온 샛길 가장자리 뒤편에서 무엇인가 어렴풋한 그림자가 우리의 뒤를 조심스레

따라오는 것을 눈치챘다. 아니, 내게는 그것이 먹이를 낚아채려고 살금살금 기어오는 살쾡이 같았다. 나는 그제야 ―하얀 번갯불이 어둠의 숲 속을 번쩍 스치고 지나가듯이― 모든 것을 직감했다. 나는 어떤 함정에 빠져들었다. 뚜쟁이들이 우리 뒤에 몰래 숨어 있었던 것이다. 창녀가 나를 어둠 속에서 미리 정해진 곳으로 데려가면, 나는 그들의 먹이가 될 운명에 처하는 것이었다.

그들이 삶과 죽음 사이에서 처절하게 으깨진 순간들을 만나고 있을 때, 나는 신처럼 명료하게 모든 것을 투시하고, 모든 가능성에 대해 숙고했다. 나의 머릿속은 빠른 속도로 회전하고 있었다. 이제 달아날 시간이 찾아온 것이다. 큰길은 분명히 가까이 있었다. 왜냐하면 나는 전차가 레일 위에서 덜커덩거리는 소리를 들었고, 그곳은 한 번만 소리쳐 부르거나 휘파람만 불어도 사람들이 몰려올 수 있는 거리에 있었다. 어떻게 하면 이 위기를 모면할 것인가에 대한 예상도가 눈앞에 선명하게 그려지고 있었다.

그렇지만 이상하게도 내게는 이런 생각을 배반하는 또 다른 감정이 솟구치는 것이었다. 냉정하게 깨어난 오늘, 가을날의 청량한 햇빛 속에서 글을 쓰고 있는 지금, 나는 내 행동 자체의 부조리함을 어떻게 설명해야 할지 알 수가 없다. 당시에 나는 위험에 뛰어드는 것이 아주 무모한 짓이라는 것을 온몸의 촉각으로 예리하게 간파하고 있었다. 그런데 어찌된 일인지, 나의 신경조직을 온통 부르르 떨게 하는 어떤 강렬한 것이 생겨나 이성의 거울을 흐릿하게 만들었다. 한편으로 나는 비속하고 불결한 체험에 이끌려 든다는 역겨움이나 구토와 싸워야 했다. 그러나 다른 한편으로는 죽음에 대한 도취가 내 전신을 몽롱하게 마비시켰다. 죽음이란 전혀 예감할 수 없었던 삶의 도취, 미지의 것에 대한 강한 호기심과도 같았다.

　아무튼 설명할 수 없는 그 무엇이 나를 진창 속으로 떠밀었다. 삶의 마지막 오물 구덩이 속으로 떨어져, 단 하루 만에 나의 모든 과거를 청산한다는 것이 내게는 무엇보다 자극적이었다. 뻔뻔스런 정신의 쾌감이 이 모험의 천박한 쾌감, 짜릿한 죽음의 도취와 뒤섞여 버렸다. 나는 아주 민감하게 위험을 예측했고, 또 그것을 나의 지성과 오성으로 명료하게 파악했음에도 불구하고, 이 불결한 프라터 지역 창녀의 팔에 이끌려 수풀 속으로 계속 들어갔다. 이제는 더 이상 발걸음을 돌릴 수 없었다. 경마장의 모험에서 발동했던 범죄적 습성의 유혹이 계속해서 나를 나락으로 끌고 들어갔기 때문이었다. 그러면서도 나는 한층 더 몽롱함만을, 새로운 늪으로 떨어져 들어가는 어지러운 도취만을 느꼈다. 최후의 심연, 죽음 속으로 마냥 추락한다고 느꼈다.

그녀는 몇 발짝 더 걸어간 뒤 멈춰 섰다. 그녀의 눈길은 무엇인가 석연치 않다는 듯 다시 사방을 두리번거렸다. 그런 뒤에야 그녀는 기다림의 눈빛을 내게 보내며 물었다. "저, … 그런데 당신은 내게 무얼 선사할 거죠?" 아, 그걸 나는 깜빡 잊었었다. 그렇다고 해서 그 물음이 나의 희미한 정신을 일깨운 것은 아니었다. 그 물음으로 인해서 나는 즐거운 마음으로 남에게 선사하고, 주고, 아낌없이 나를 바칠 수 있었다. 재빨리 나는 지갑을 뒤져 딸랑거리는 은화와 몇 장의 파란 지폐를 그녀의 손에 쥐어 주었다. ― 그때 느꼈던 따뜻한 피의 순환이 지금까지도 느껴지는 것 같다.

그리하여 내 인생에 한 번도 없었던 기적적인 일이 발생했다. 지금 그 순간을 돌이켜 보건대, 그 불쌍한 여인은 내가 준 막대한 액수의 돈에 몹시 당황한 기색을 보였다. ― 다른 때 같으면 자신의 몸값으로 기껏해야 동전 몇 푼만 받는 것이 통례였을 테니 말이다. 아니면 내가 돈을 주는 방식이 이상할 정도로 즐겁고 유쾌했기 때문에 놀라워했는지도 모른다. 아무튼 나는 거의 행복에 겨워 흔쾌히 돈을 건넸고, 그 돈을 받은 여인은 놀란 표정을 지으며 한 걸음 뒤로 물러섰다. 나는 짙게 깔린 어둠을 통하여 그녀의 눈동자를 살피며 황홀감에 불타 가만히 서 있었다.

막혔던 혈관이 시원하게 뚫리며 찾아오는 도취와

황홀감! 마침내 나는 오늘 밤 누군가가 나를 청했고, 누군가가 나를 찾음으로써, 생전 처음 이 세상의 다른 누군가를 위해 살아 보았다. 철저히 추방된 여인, 가련하게도 망가진 육체를 어둠 속에서 상품처럼 진열해 놓고, 고객이 없으면 앞만 바라보며 기어 다닐 뿐인 이 벌레 같은 존재가 드디어 내게로 달려와 나를 향해 가슴을 활짝 열었던 것이다. 그녀는 나의 진정한 인간성에 물음을 던졌고, 나는 그 물음에 대답함으로써 기적이 발생한 것이다.

그런데 이미 이 낯선 미물은 내 몸에 바짝 달라붙어 있었다. 하지만 그 행동에는 지불의 대가에 대한 의무이행이 아니라, 무의식적으로 감사를 표하려는 어떤 것, 남성에게 안기려는 여성적 본능의 어떤 것이 내재된 것처럼 여겨졌다. 나는 지그시 그녀의 마르고 병적으로 뒤틀린 팔을 붙잡고, 불구인 그녀의 왜소한 몸뚱이를 나의 살갗으로 느꼈다. 그러자 돌연 모든 육체적인 것 너머로 그녀의 팔딱거리는 심장의 박동과 생명의 소리가 내게 전해져 오는 것이 었다.

　나는 변두리의 싸구려 여인숙에 있는 불결한 침대를 상상해 보았다. 그녀는 거기서 아침부터 정오까지 벌레 같은 불쌍한 아이들 틈에서 잠을 잘 터였다. 이어서 나의 뇌리에는 그녀의 목을 조르는 뚜쟁이들, 어둠 속에서 꺽꺽 트림하며 그녀에게 난폭하게 덮쳐드는 술꾼들이 떠올랐다. 또한 그녀가 끌려간 어떤 병실, 강제로 벗겨진 그녀의 알몸을 철면피 같은 젊은 의대생들에게 연구 자료로 속속들이 드러내는 의과대학 강의실이 차례차례 연상되었다. 그리고는 끝으로, 그녀가 강제로 실려가 짐승처럼 쓰러져 죽는 어느 지방 진료소가 눈앞에 선명하게 그려졌다.

　그녀에 대한 무한한 동정심, 그녀가 지닌 모든 것에 대한 공감, 애정에 속하면서도 관능적 욕심이 아닌, 어떤 따뜻한 감정이 나를 엄습해 왔다. 나는 그녀의 말라빠진 작은 팔을 마냥 쓰다듬었고, 한 가련한 인간에 대한 감동을 참을 수 없었다. 나는 마침내 고개를 숙여 어안이 벙벙해진 그녀에게 키스했다.

이 순간, 내 뒤쪽에서 바스락거리는 소리가 들렸다. 갑자기 굵은 나뭇가지 하나가 뚝 부러지는 바람에 나는 뒤로 급히 물러섰다. 이때 굵직하고 천박한 남자의 목소리가 비웃는 듯 들려왔다. "야, 이거 야단법석이구먼, 내 벌써 그럴 줄 알았다니까." 나는 그들을 바라보기도 전에 그들이 누구인지 이미 알고 있었다. 나는 도취 상태에 빠져, 내가 은연중에 그들에게 둘러싸여 있다는 것을 잠시 잊고 있었던 것이다. ― 실상 나의 경계심에는 그들에 대한 호기심도 은밀히 들어 있었다. 그 순간 한 사내가 덤불 속에서 모습을 드러냈고, 그 뒤에 또 한 사내가 나타났다.

험상궂게 생긴 두 사내는 꽤나 거들먹거리며 내게 말을 건넸다. "이런 상스러운 놈 좀 보게. 여기서 이따위 추잡한 짓거리를 하고 있다니." "아니지, 아냐. 얼마나 멋지냐구. 하지만 이제 우리가 따끔한 맛을 보여 드리지. 그래야 제정신을 차릴 게 아닌가." 나는 가만히 자리에 서 있었다. 나의 관자놀이에서는 맥박이 거세게 고동치고 있었다. 그러나 조금도 겁먹지는 않았다. 이제야말로 나는 비참함의 가장 깊은 곳, 그 맨 밑바닥에 내려와 있었다. 이제는 강한 울림이, 내가 반쯤은 의식적으로 행사한 일에 대한 마지막 해결점이 찾아와야 할 단계였다.

나와 포옹했던 아가씨는 내게서 떨어져 저만치 물러나 있었다. 그렇지만 그들 곁으로 돌아간 것도 아니었다. 어떻게 보면 그녀에게도 미리 준비된 함정이 그리 달가운 것만은 아닌 것 같았다. 내가 별 반응을 보이지 않자, 그 놈팡이들이 다시 화를 냈다. 그들은 서로 눈짓을 주고받았다. 그들은 분명히 내게서 어떤 저항이나 아니면 애걸복걸, 또는 겁먹은 태도를 예상했을 것이다.

결국 한 녀석이 위협조로 주먹을 올리며 소리쳤다. "야, 이 녀석 보게. 말을 안 하는데, 손 좀 봐야겠

군." 그러자 다른 녀석이 내게 다가오면서 말했다. "점잖게 대접해 드리지, 당신, 경감님께 같이 가야겠어." 그래도 내가 아무 대답을 하지 않자, 한 녀석이 내 어깨에 팔을 올려놓고 나를 가볍게 떠밀었다. "자, 앞으로 가시지."

나는 그들의 말에 따랐다. 처음부터 저항할 생각이 전혀 없었기에 순순히 앞으로 걸었다. 나는 처음 당하는 일, 비상식적인 사태, 상황의 심각함 때문에 조금은 어리둥절해 있었다. 그래도 나의 의식만은 멀쩡하게 깨어 있었다. 나는 이 놈팽이들이 나보다 훨씬 더 경찰을 두려워하며, 따라서 몇 크로네만 주면 그들로부터 풀려날 수 있으리라는 걸 잘 알고 있었다. 하지만 나는 잔인함의 깊이와 밀도를 완전히 맛보고 싶었다. 나는 나의 무기력을 의식하면서 상황이 가져다 준 소름끼치는 굴종을 마음껏 즐겼다. 서두르지 않고 아주 자연스럽게, 나는 그녀가 밀어 넣었던 바로 그 길을 되돌아갔다.

그러나 내가 여전히 말없이, 너무 침착하게 불빛 쪽으로 떳떳이 나아간다는 사실 자체가 그들을 혼란하게 하는 것 같았다. 그들은 나직이 귓속말을 주고받았다. 그러다가 잠시 후 짐짓 큰 소리로 다시 말을 주고받기 시작했다. "저 작자를 달아나게 내버려 두자구." 한 녀석이 말했다. 그는 얼굴에 천연두 자국이 남아 있는 땅딸보였다. 그러자 다른 녀석은 애써 근엄한 표정을 꾸미며 이렇게 대꾸하는 것이었다. "거, 안될 말이지. 우리처럼 먹을 것 없는 가난뱅이들이 그런 짓을 하면 당장 감방행이지. 하지만 저렇게 멀쩡한 신사 양반이야 벌금형 정도에 그칠 건 뻔하잖아."

　나는 그들이 나누는 말을 귀담아들으면서 그 말 가운데 그들과 협상하자는 상투적 요구가 들어 있음을 알아차렸다. 나는 내 자신이 경험한 범죄 심리로 미루어 그들의 범죄 심리를 이해했다. 그들은 겁을 줌으로써 나를 두렵게 하는 데 반해, 나는 느긋한 자세를 취함으로써 그들을 괴롭힌다는 것 또한 알고 있었다.

그녀와 나 사이에는 침묵만이 흐르고 있었다. 아, 그날 밤은 얼마나 풍요로웠던가! 나는 죽음의 위험이 도사린 프라터 공원의 고약한 냄새가 풍기는 숲 한가운데서, 불량배들과 어느 창녀 사이에서, 열두 시간 만에 두 번째로 유희의 광적인 마법을 맛보았다. 더구나 이번 경우는 내 최대의 모험, 내 모든 시민적 실존, 생명까지도 걸어 놓은 도박판이 아니었던가! 나는 온몸의 신경이 쭈뼛쭈뼛 곤두서 찢겨 나갈 정도로 이 무시무시한 도박, 우연성의 짜릿한 마법에 나의 모든 것을 맡겼다.

내 뒤를 따라오던 한 녀석의 쉰 목소리가 귓전을 파고들었다. "아, 저기 마침 순경 나으리가 오시는 걸. 멋진 신사 양반께선 그리 달갑진 않겠지. 아무리 배경이 좋아도 며칠은 족히 구치소 생활을 해야 할 테니 말이야." 그 소리는 음험하고 위협적이었지만, 나는 그의 말 속에 숨어 있는 주저하는 듯한 어조를 놓치지 않았다. 나는 정말 순경의 헬멧이 반짝거리는 가로등 쪽으로 말없이 걸어갔다. 스무 걸음가량 더 걸어야 그 순경의 면전에 도달할 수 있었다.

내 등 뒤 쪽에서 그 놈팡이들의 목소리가 끊겨 버렸고, 나는 즉시 그들이 얼마나 조심스럽게 잠적했는가를 알아차렸다. 그들은 다음 순간 자신들의 암흑세계로 슬며시 꺼져 들어가, 한탕 하려던 것이 실패한 데 대해 애통해 할 것이고, 어쩌면 자신들의 분노를 불쌍한 사람들에게 터뜨릴지도 모를 일이었다.

도박은 끝났다. 다시금, 두 번째 판에서도 승리했고, 다른 낯설고 모르는 사람의 욕망을 마음껏 희롱했던 것이다. 벌써 저편으로부터 둥근 빛 무리를 이루던 가로등들이 가물가물 흔들리고 있었다. 나는 무의식적으로 왔던 방향을 향해 다시 몸을 돌렸다. 그제야 처음으로 그 두 놈팡이의 얼굴을 자세히 확인할 수 있었다. 그들의 희미한 눈빛에는 격분과 수치심이 뒤범벅되어 있음을 발견할 수 있었다. 그들은 굴종과 절망의 몸짓으로 엉거주춤 선 채, 무슨 기미만 보여도 다시 어둠 속으로 튕겨 들어갈 차비를 갖추고 있었다. 그도 그럴 것이 그들의 힘은 다하였고, 이제는 도리어 내가 그들을 두렵게 하는 존재였기 때문이었다.

하지만 이때 두 놈팡이에 대한 무한한 동정심, 형제애의 공감이 나를 덮쳐 왔다. 이는 마치 일시에 끓어 오른 열기가 내 가슴팍을 허물어뜨리고 혈관 속으로 뜨거운 감정을 불어넣는 듯한 기분이었다. 가련하게 굶주린 자들, 걸레 조각처럼 갈기갈기 찢긴 놈팡이들이 나라는 부유하고 배부른 기생충에게 원했던 것은 그저 몇 푼의 돈이었다. 그들은 저 어둠 속에서 내 목을 조를 수도, 내 돈을 약탈할 수도 있었을 테지만, 그렇게 하지는 않았다. 그들은 다만 투박하고 서투른 방식으로 내 지갑에 아무렇게나 들어 있던 은화 몇 푼을 얻고자 나를 협박했을 따름이었다.

그렇다면 실상 나야말로 그들보다 더 파렴치한 범

죄자가 아닌가? 일시적이고 무도한 기분에 사로잡힌 나라는 도둑, 말초신경의 흥분을 탐하려던 나라는 고급사기꾼이 어떻게 불쌍한 그들을 괴롭힐 수 있단 말인가? 이렇게 해서 나 자신의 쾌락을 위해 그들의 불안이나 초조한 마음을 희롱했다는 회한은 이제 무한한 연민의 바다로 흘러들기 시작했다. 나의 신변이 보장되고, 가로등불도 나를 지켜 주는 이 순간, 나는 쓰디쓴 눈빛으로 절망의 아픔을 삼키려는 그들의 아픈 심정을 달래 주려고 마음먹었다.

　나는 즉시 몸을 돌려 한 사내에게로 다가가 "댁은 왜 나를 신고하려고 하시죠?"라고 물었다. 이렇게 말하는 중에도 나는 불안으로 억눌린 호흡을 가다듬으려고 애썼다. "그런다고 얻는 게 무엇입니까? 제가 감방에 가게 될지, 그렇지 않을지는 두고 봐야겠습니다만, 그래 봐야 댁에게 아무 이득도 생기지 않습니다. 왜 내 인생을 망치려고 하십니까?" 두 사내는 놀라 멍하니 서로 쳐다만 보고 있었다. 얼마 전만 해도 이 두 사내는 사나운 이빨로 먹이를 물어뜯는 굶주린 개처럼 공갈과 협박의 결과를 기대했었지, 이처럼 나긋나긋한 반응을 기대한 것은 아니지 않았던가! 마침내 한 사내가 이전과 같은 협박조가 아니라, 미안함을 보이는 얼굴로 말했다. "아, 그야 정의감 때문이죠. 우리는 오직 의무를 이행하려 했습죠."

이는 분명히 과거에 이런 상황을 접했을 때 터득했던 얄팍한 수법이었다. 그렇지만 앞뒤가 맞지 않았음은 물론이다. 두 사람 가운데 어떤 사내도 나를 똑바로 쳐다볼 엄두를 내지 못했다. 그들은 단지 기다리고 있었을 뿐이었다. 나는 그들이 무엇을 기다리고 있는지 잘 알고 있었다. 내가 눈감아 달라고 애걸복걸하며 혹시나 그들에게 몇 푼 건네줄지도 모른다는 기대감이 바로 그것이었다.

아직도 나는 그 짧은 순간에 일어났던 일들을 속속들이 기억하고 있다. 나는 나의 내부에서 동요하던 자극, 관자놀이 뒤편에서 아우성치던 모든 생각의 움직임까지도 여전히 기억하고 있다. 지금 와서 생각하면, 당시에 나의 사악한 감정이 처음에 원했던 것은 그들을 좀 더 오래 기다리게 하여 더 많이 괴롭히자는 것, 초조하게 기다리는 모습을 보며 마음껏 재미를 맛보자는 것이었다. 하지만 나는 급히 그런 심술궂은 생각을 억제하고 그들에게 간청했다. 이 두 사내를 불안과 초조에서 구해야겠다는 생각이 강렬해졌기 때문이었다.

나는 기괴하기 짝이 없는 코미디를 연출하기 시작했다. 나는 그들에게 제발 눈감아 주십사, 그리고 인정을 베풀어 나를 불행에 빠지지 않도록 해 주십사 간청했던 것이다. 나는 이 풋내기 공갈꾼들이 얼마나 놀란 표정을 짓고 있으며, 또 우리들 사이를 가로막고 있던 차단막이 얼마나 부드러워졌는가를 깨달았다.

드디어 나는 그들이 그토록 오랫동안 기다렸던 마지막 말을 꺼냈다. "저 … 제가 여러분께 100크로네를 드릴까 합니다. 부디 너그럽게 봐 주시기 바랍니다." 창녀를 포함한 세 사람 모두가 깜짝 놀라 나를 처다보았다. 그들은 결코 그렇게 많은 액수를 기대한 것이 아니었다. 더욱이 지금은 볼일 다 본 상태가 아닌가. 마침내 한 사람, 곰보 자국이 있는 작자는 서서히 냉정을 되찾는 것 같았지만, 그의 눈빛은 여전히 어색함을 감추지 못했다. 그는 두 번씩이나 말을 꺼내려다가 주춤거렸다. 목이 잠겨 말이 잘 나오지 않는 모양이었다. 이윽고 그는 부끄러운 기색으로 말문을 열었다. "200 크로네 내슈."

그때 "그만두세요"라고 아가씨가 끼어들었다. "저분이 다만 얼마라도 주면 좋은 거잖아요. 아무 짓도 한 게 없고, 그저 제 몸을 만졌을 뿐이거든요. 정말 너무들 하시는군요." 그녀는 화가 나서 이런 식으로 그들에게 대들었다. 그러자 나의 심장이 뛰기 시작했다. 누군가가 나를 동정하고, 내 편을 들어 주었던 것이다. 이 순간 비속한 것에서 선한 것으로, 강박감에서 정의감으로 넘어가려는 강한 욕구가 나의 내부에서 솟아오르는 것을 느꼈다. 그것은 얼마나 시원한 기분이고, 또 그것은 얼마나 나의 내적 충동에 홀륭한 답을 마련해 주었던가! 그렇다, 그때만은 더 이상 인간들을 희롱하고 싶지 않았고, 인간들에게 수치심을 주고 싶지 않았다.

세 사람 모두 내 앞에서 침묵을 지켰다. 나는 아주 천천히 지갑을 꺼냈다. 그리고는 활짝 펴서 손에 올려놓았다. 한 번만 손을 뻗는다면 그들은 내 지갑을 빼앗아 어둠 속으로 사라질 수 있었다. 그러나 그들은 수줍은 모습으로 물끄러미 나를 바라볼 뿐이었다. 그들과 나 사이에는 무엇인지 알 수 없는 연대감이 자리 잡고 있었다. 그것은 더 이상 투쟁과 도박이 아니라 정의심과 친밀감의 교류, 하나의 돈독한 인간적 관계였다. 나는 훔친 지폐 뭉치에서 두 장을 꺼내 한 사람에게 건네주었다.

그는 무의식적으로 "감사합니다"라고 대답하고는 재빨리 몸을 돌렸다. 그 사내 역시 돈을 빼앗다시피 하고 감사의 표시를 하는 것이 우스꽝스러웠을 것이다. 그는 부끄러워했는데, 그런 표정이 내 마음에 슬픈 자국을 남겨 놓았다. 아, 그날 밤 나는 느낄 수 있는 모든 것을 느꼈고, 있을 수 있는 모든 감정을 가슴으로 흡입했다. 나는 사실 그들 중 어느 누구도 나에 대해 부끄러움을 갖지 않기를 바랐다. 나 역시 같은 처지의 인간이자 똑같은 도둑이며, 다른 사람과 마찬가지로 나약하고 비겁하며 무능력했기 때문이었다. 그의 수치심이나 굴종은 나의 고통이었고, 나는 그에게서 어떤 굴종의 태도도 받아들이고 싶지 않았다. 그래서 나는 그의 감사의 말을 사양했다.

"무슨 말씀, 제가 감사 드릴 일이죠." 이렇게 말할 때, 내 목소리가 얼마나 진지하게 흘러나왔던지 나는 새삼 감격할 지경이었다. 나는 계속해서 말했다. "만약 댁이 신고하셨다면, 저는 파멸의 구렁텅이로 빠졌을 겁니다. 저는 필경 자살을 시도했을 테니까요. 그렇게 되면 댁 또한 아무 소득이 없었을 테지요. 차라리 이게 잘된 일이라고 생각합니다. 저는 이제 우측 방향으로 가는데, 댁은 다른 쪽으로 가실 테죠. 자, 좋은 밤이 되길 빕니다."

그들은 얼마간 침묵을 지켰다. 이어서 한 사내가

"저 역시 좋은 밤이 되길 빕니다"라고 인사하자, 다른 사내도 곧 따라서 인사했다. 끝으로 어둠 속에 가만히 서 있던 창녀가 내게 작별을 고했다. 나는 그녀의 떨리는 목소리를 통해 그녀의 깊은 구석 어딘가에 나에 대한 애정이 스며 있다는 것을 감지했다. 그녀 역시 아마도 이 기묘한 순간을 결코 잊지 못할 것이다. 감방이나 의료원에서 그들은 다시 한 번쯤 오늘 밤의 일을 불현듯 떠올릴지도 모른다. 아, 나의 어떤 부분이 그들에게 살아 있다는 것! … 나는 진정 기쁨으로 충만해 있었다.

5

돈을 남들에게 선사하고 뿌린 행위는 나의 내부에서 꿈틀거리는 어떤 도취감의 발로였다. 그것은 여인에게 사랑을 고백하는 것과도 흡사한 뜨거운 감정의 토로였다. 마지막 지폐를 다 날려 버렸을 때, 나는 하늘로 날아갈 듯한 가벼움, 예전에는 알지 못했던 자유를 만끽했다. 길과 하늘, 집과 담벼락 등 그 모든 사물들이 이처럼 진지하게 눈앞에 존재하고 있다는 강렬한 느낌을 예전에는 받은 적이 없었다. 모든 사물은 살아 있었고, 나 또한 살아 있었다.

나는 홀로 프라터 공원의 출구를 향해 발걸음을 옮겼다. 모든 압박감은 사라져 버렸고, 알 수 없는 행복감이 나의 내부에서 도도히 흘러넘쳤다. 실종자나 다름없었던 나는 온전하고 무한한 세계의 문을 열고 그 안에 깊숙이 들어가 있었다. 나는 만물이 내자신에게만은 살아 움직이는 것처럼 느꼈으며, 모든 사물들이 나와 하나의 물결을 이루며 연결되어 있다고 생각했다.

길가의 나무들도 내 주위를 검은 장막으로 두르면

서, 살랑거리는 곁가지들을 내게 비스듬히 내뻗고 있었다. 나는 그런 나무들이 무척이나 사랑스러웠다. 그런가 하면 별들은 밤하늘로부터 밝은 빛을 찬란하게 뿌려 대고 있었다. 나는 그 별들의 새하얀 빛을 가슴속 깊숙이 갈무리해 두었다. 어디선가 두런거리는 목소리가 들려오면, 그것이 마치 나를 위해 들려주는 자장가로 여겨졌다. 나는 내 가슴을 둘러싼 허물을 벗어 던진 이래로, 어떤 자그마한 소리에도 민감해져 있었다. 그만큼 나는 만물의 미세한 움직임에 대해서도 정성을 다해 귀를 기울이며 즐거워했다. 아, 모든 일에 관심을 갖고 그걸 보듬는 즐거움이 얼마나 큰가! 우리가 마음의 문을 활짝 열기만 하면, 이미 인간과 인간 사이에는 사랑의 강물이 넘실거리고, 그 강물은 높은 곳에서 낮은 곳으로 흘러내리며, 깊은 수심을 박차고 흩날리는 물거품의 영원한 운동으로 산산이 부서진다.

마차를 세워 두는 프라터 공원 입구에는 행상을

하는 한 여인이 초췌한 얼굴로 잡동사니 물건을 늘어놓은 채 등을 구부리고 앉아 있었다. 그녀는 먼지가 잔뜩 낀 빵 조각과 몇 가지 과일을 앞에 놓고, 단지 몇 푼의 동전을 벌고자 온종일 그렇게 앉아 고생하고 있었다. 그런 그녀의 척추를 구부러뜨리는 것은 피로 때문이었으리라. 나는 생각해 보았다. 나는 이렇게 즐거운데, 당신은 무엇 때문에 즐거울 수 없단 말이오? 나의 즐거움을 어떻게 하면 당신에게 나누어 줄 수 있겠소?

나는 잠시 생각에 잠긴 뒤 설탕으로 만든 작은 빵 한 조각을 집어 들었다. 그리고는 지갑에서 지폐 한 장을 꺼내 그녀에게 건넸다. 그녀는 급히 잔돈을 거슬러 주느라고 허둥댔지만, 그 사이에 이미 나는 그 자리를 떠나 멀찌감치 와 있었다. 나는 갑작스런 행운에 몸 둘 바 몰라 하는 그녀를 뒤돌아보았다. 그녀는 심지어 완전히 흐트러져 있던 자세를 꼿꼿이 바로잡고, 놀라 쩍 벌어진 입으로 나에 대해 수없이 축복의 말을 반복했다.

나는 손가락 사이에 빵을 끼고, 마차에 꼼짝없이 매여 있는 말들에게로 천천히 걸어갔다. 그런데 이제는 말들조차도 몸을 돌려 가쁜 숨을 몰아쉬며 나를 반기는 것이었다. 둔감한 동물의 눈빛 속에도 내가 그들의 붉은 콧등을 긁어 주면서 빵을 선사하는 데 대한 감사의 표시가 들어 있었다. 말에게까지 무엇인가를 베풀고 나자, 나는 그것보다 더 많은 것을 소망하게 되었다. 나는 더 많은 즐거움을 준비하여 남에게 베푸는 즐거움을 좀 더 철저히 느껴보자고 생각했다. 우리는 누구나 동전 몇 개 또는 지폐 몇 장만으로도 자신의 불안을 해소하고, 걱정을 없애고, 행복의 심지에 불을 댕길 수 있으며, 또한 이런 행위가 너무 쉽다는 것을 종종 잊고 살아간다.

나는 사방을 두리번거렸다. 왜 오늘따라 걸인 하나 찾을 수 없는지 안타까운 심정이었다. 그런데 저편에서 백발의 절름발이 노인네가 다리를 질질 끌며 걸어가고 있었다. 풍선을 팔던 노인은 날이 어두워져 막 집으로 돌아가던 참이었다. 그는 실타래에 빽빽이 묶인 풍선을 쥐고 가면서, 무더운 날 공친 장사 때문에 얼굴에 수심이 가득했다. 나는 그 노인에게 다가갔다. 내가 "풍선 좀 주세요"라고 말하자, 그는 "하나에 10헬러라오"라고 대답하며 미심쩍은 표정을 지었다. 그야 물론 그럴 수밖에 없었을 것이다. 이렇게 고상한 차림의 신사가 밤중에 알록달록한 풍선을 어디에다 쓰겠는가! 나는 "그거 전부 다 주세요"라고 말하고는 10크로네 지폐 한 장을 손에 쥐어 주었다. 그는 몸을 심하게 비틀거리며 허깨비를 보았나 하는 표정으로 나를 처다보았다. 그러다가 손을 떨며 풍선을 매어 놓은 실타래를 모두 내게 건네주었다.

실타래를 잡은 내 손가락 끝으로 풍선의 팽팽한 당김이 조금은 묵직하게 전해져 왔다. 이 풍선들은 바야흐로 내 손끝에서 떨어져 나가, 자유롭게 뜻대로, 저 하늘 높이 솟구쳐 오를 터였다. 나는 큰 소리로 외쳤다. "자, 가거라. 너희들이 원하는 곳이면 어디든지 마음대로 날아가거라! 그리고 마음껏 자유를 누리거라, 아듀!" 나는 실타래를 풀었고, 풍선들은 형형색색의 빛을 발하며 힘차게 하늘로 솟아올랐다. 사방에서 사람들이 달려 나와 웃음을 터뜨렸다. 어둠 속에서 밀회하던 연인들이 뛰쳐나왔고, 마부들은 채찍을 크게 휘두르면서 자기들끼리 큰소리로 떠들고 손가락으로 이리저리 가리키고 있었다. 그들의 손가락질 하는 모습은 때마침 나뭇가지에서 집이나 지붕으로 우수수 떨어지는 밤송이들의 움직임과 어울려 멋진 조화를 이루었다. 만물은 흥겹게 제 자태를 드러내면서 나라는 행복한 바보를 희롱하는 것이었다.

왜 나는 이제까지 이런 것을 조금도 알지 못했던가! 즐거움을 선사하는 것이 얼마나 쉽고, 또 얼마나 좋은 일인가! 다시 지갑 속에 들어 있던 지폐들이 돌연 뜨겁게 달아오르고 있었다. 나는 조금 전 풍선의 실타래를 만졌을 때처럼 돈을 쥔 손가락에서 떨림을 느꼈다. 이 지폐들 역시 나를 떠나 미지의 세계로 훌쩍 날아가리라. 이제 나는 이 지폐들, 라요스에게 훔쳤으면서도 나의 것인 지폐들을 —딴 때와는 달리 별 자책감이 없었다— 손가락 사이에 끼고, 원하는 사람이 있으면 어느 누구에게라도 뿌릴 자세를 취하고 있었다.

나는 인적이 끊겨 조용한 프라터 거리로 나갔다. 길에는 버려진 쓰레기를 짜증스럽게 치우고 있는 청소부만이 눈에 띄었다. 내가 그에게로 가자, 그는 길을 물으려는 사람이려니 생각했던지 뭐라고 투덜대며 내 얼굴을 올려다보았다. 이때 나는 환하게 미소를 지으며 그에게 20크로네짜리 지폐를 불쑥 내밀었다. 그는 이해할 수 없다는 듯 멍하니 쳐다보고 나서야 돈을 받았다. 얼떨떨해 하는 표정이 역력했는데, 내가 무슨 요구라도 할지 몰라 마냥 서 있었다. 나는 다시 웃으며, "그걸로 뭐 좋은 거라도 사시구려"라고 말하고는 길을 떠났다.

나는 걸어가면서도 연신 사방을 둘러보았다. 누군

가 내게 원하는 사람이 있지 않을까 하는 이유에서였다. 오가는 사람이 없을 때면, 나는 내 발로 그들을 찾아다녔다. 내게 추근거리던 또다른 창녀에게는 지폐 한 장을 선사했고, 가로등 점등인에게는 두 장의 지폐를 선사했다. 또 지하실 빵집의 열린 창문 안으로 지폐를 던지기도 하면서 여기저기 쏘다녔다.

내가 지나다닌 자리에는 놀라움과 감사함, 기쁨의 흔적이 꼬리를 물고 물결치고 있었다. 나중에는 지폐를 하나씩 꾸깃꾸깃 말아 거리의 빈 터라든가 교회의 계단 등에 집어던졌다. 나는 새벽기도를 하러 온 수심 깊은 아주머니가 100크로네짜리 지폐를 발견하고 하나님께 감사드린다든가, 가난한 대학생이나 하녀, 노동자들이 길을 가는 도중에 이런 돈들을 발견하고 행복에 겨워하는 모습을 상상만 해도 가슴이 뿌듯했다. 그것은, 오늘처럼 환상의 밤을 맞이하여, 내 스스로 나라는 놀랍고 행복한 존재를 발견하게 된 것과도 흡사한 뜻밖의 기쁨이었을 것이다.

나는 내가 지폐와 동전까지 포함한 돈 모두를 어

디서 어떻게 뿌리고 다녔는지 더 이상 기억할 수 없다. 아무튼 돈을 남들에게 선사하고 뿌린 행위는 나의 내부에서 꿈틀거리는 어떤 도취감의 발로였다. 그것은 여인에게 사랑을 고백하는 것과도 흡사한 뜨거운 감정의 토로였다. 마지막 지폐를 다 날려 버렸을 때, 나는 하늘로 날아갈 듯한 가벼움과 예전에는 알지 못했던 자유를 만끽했다. 길과 하늘, 집과 담벼락 등 그 모든 사물들이 이처럼 진지하게 눈앞에 존재하고 있다는 강렬한 느낌을 예전에는 받은 적이 없었다. 모든 사물은 살아 있었고, 나 또한 살아 있었다. 이 순간 외부의 사물과 나는 동일한 삶으로 실존하는 것이었다. 저 위대하고 강렬한 삶, 그런 삶을 이해하는 유일한 길은 오직 사랑뿐이리라. 그리고 자기 자신을 버린 자만이 그 같은 강렬한 삶을 포용할 수 있으리라.

그렇지만 나에게 또 한 번 최후의 어려운 관문이 기다리고 있었다. 축복받은 기분으로 집에 돌아와 열쇠를 문에 꽂는 순간, 갑자기 가슴이 답답해지는 것이었다. 내 방으로 통하는 복도는 어두컴컴한 주둥이를 쩍 벌리고 있었다. 그러자 불안감이 나를 엄습해 옴을 느꼈다. 내가 이제까지 살았던 이 집으로 걸어 들어가 침대에 누우면, 나는 다시 과거의 삶으로 되돌아갈 것 같았다. 지금 당장이라도 깨끗이 청산되었다고 믿었던 과거가 되살아날지도 모를 일이었다.

정말이지 과거와 같은 인간, 너무 치밀하여 감정이라고는 모르는, 세상과 단절된 어제의 낡은 신사는 더 이상 될 수 없었다. 그럴 바에는 차라리 범죄와 공포의 깊은 심연 속으로 허물어져 들어가는 것이 더 나았다. 그럼에도 불구하고 저 안으로 들어가야 하는 것이 당면한 현실이 아닌가! 나는 이루 말할 수 없이 피곤하고 두려웠다. 무엇보다 오늘 밤 체험한 그 모든 것이 과거의 흔적들에 밀려 헛된 꿈처럼 사라지고, 간혹 희미한 기억으로만 가물가물 맴돌지도 모른다는 생각이 나를 불안하게 했다.

한데, 나는 다음 날 새 아침을 맞이하는 순간에도 상쾌한 기분으로 잠에서 깨어났다. 순조롭게 흐르는 감정의 물결이 어제와 조금도 다를 바 없었다. 그 이후로 벌써 넉 달이 지났다. 예전의 불감증 상태는 다시는 찾아오지 않았고, 그리하여 나는 나날의 즐거움을 여전히 감미롭게 누리고 있다. 오늘 이날까지도 여전히, 나는 내 세계의 절반을 잃어버리면서까지 빠져들었던 그날 밤의 마법적 황홀경을 은밀히 상기하며 즐기고 있다. 나는 당시에 자신의 심연 속으로 깊숙이 추락함으로써, 속도감의 몽롱한 도취에는 인생의 오묘한 맛이 한데 뒤섞여 있음을 깨달았다. 물론 순간적인 강한 열기는 사라져 버렸지만, 나는 그 순간을 체험한 이래로 삶을 호흡할 때마다 항상 내 자신의 피가 끓고 있음을 감지한다.

나는 전과는 다른 감각, 다른 자극, 강한 의식을 지닌 다른 인간이 되어 있었다. 그렇다고 해서 내가 더 훌륭한 인간이 되었다는 것을 주장하려는 것은 결코 아니다. 내가 알고 있는 것은 다만 자신이 더 행복해졌다는 사실뿐이다. 왜냐하면 나는 완전히 식어 버린 삶, 삶이라는 낱말 그 자체에 대한 모종의 의미를 발견했기 때문이다. 그 뒤로는 그 어떤 것도 금기로 여기는 일이 없어졌고, 사회규범이니 사회적 형식이니 하는 것 따위를 무의미하게 생각했다. 명예나 범죄, 미덕과 악덕 같은 판에 박힌 말들도 그랬다. 심지어 그런 말들을 입 밖에 내는 것조차 역겨웠다.

지금 나는 그 당시에 생전 처음으로 느꼈던 불가사의한 힘으로 살아간다. 과연 그 힘이 나를 어디로 몰고 갈 것인지는 알 수 없다. 어쩌면 그 마법적인 힘이 나를 새로운 심연, 타인들에 의해 악덕이라고 불리는 어둠의 틈바구니로 몰고 갈지도 모를 일이며, 아니면 나를 정신의 아주 숭고한 영역으로 상승시켜 줄지도 모를 일이다. 나는 그것을 알지 못할뿐더러 알고 싶어 하지도 않는다. 〈왜냐하면 나는 자신의 운명을 비밀로 간직하고 사랑하는 자만이 진실로 살아 있다고 믿기 때문이다.〉

분명히 밝혀 두지만, 그렇다고 내가 남보다 삶을
더 열정적으로 사랑했던 것은 아니었다. 다만 나는
지금, 자기 삶의 어떤 일부분에 대해서라도 소홀하
고 냉담한 사람이라면, 누구나가 일종의 범죄를 저
지르고 있다는 것을 깨닫고 있다. 이는 물론 누구나
가 저지를 수 있는 범죄이다. 나는 나 자신에 대해
이해하기 시작하면서 다른 것, 또는 타인에 대해서
도 많이 이해하게 되었다. 예컨대 어떤 상품을 보고
침을 흘리는 인간의 눈빛은 나를 몹시 슬프게 한다.
주인을 보고 기뻐 껑충껑충 뛰어오르는 개의 모습은
나를 감동시킨다. 내가 문득 주변의 사물을 주의 깊
게 관찰할 때, 하잘것없는 어떤 것도 내게는 감정을
자아내고 의미를 부여한다. 평소에는 그저 위안 삼
아 읽든가 경매에 관한 기사를 뒤적일 뿐이지만, 나
는 날마다 신문에서 나를 흥분시키는 수없이 많은
사건을 접한다. 그뿐 아니라 내게 지루했던 책들이
돌연 나의 관심을 끄는 경우도 종종 발생한다.
　가장 기이한 점이 있다면, 사람들이 사교상의 대

화라고 부르는 것 외에도 일상에서 수시로 이야기를 나눌 수 있다는 사실이다. 내가 7년 동안 데리고 있는 하인은 내게 흥미로운 관심의 대상이다. 나는 그와 어떤 격식 없이도 종종 유쾌한 대화를 나눈다. 과거에 내가 움직이는 기둥처럼 못 본 체하며 지나갔던 나의 집 관리인이 최근에 딸아이의 죽음에 대해 설명한 적이 있었다. 그 이야기는 내게 셰익스피어의 비극보다 훨씬 더 슬프고 애틋한 감동을 주었다. 이렇게 나는 갈수록 다른 인간으로 변해 가는 자신을 확인한다. 갈수록 더 많은 사람들이 나와 가슴을 맞대고 이야기하는가 하면, 이번 주에 들어서도 세 번씩이나 낯선 개들이 길거리에서 나를 보고 꼬리를 흔들며 달려왔다. 친구들 또한 나에게 병을 앓고 난 사람을 대하듯 각별한 우정으로 말을 건네고 관심을 표한다. 그들은 내가 전보다 더 젊어졌다고 생각하는 것 같다.

더 젊어졌다는 것은 무슨 뜻일까? 나만은 그것을

알고 있다. 나는 이제야 비로소 참된 삶을 살아가기 시작한 것이다. 흔히들 과거란 늘 오류일 따름이고 새로운 시작의 준비 과정이라고 말할지 모르지만, 이는 아마 우리가 자주 범하는 착각일 것이다. 물론 내가 따뜻한 손으로 펜을 쥐고는 건조한 종이 위에다 "우리는 진정 살아 있소"라고 글을 써서 표현하는 것도 내 자신의 월권에 속할 것이다. 그러나 설령 그것이 환상이라 해도, 그런 환상이야 말로 나를 행복하게 해 주고, 나의 피를 데워 주며, 내게 감각을 열어 주는 제1의 조건인 것이다. 내가 지금 여기에 경이로운 일깨움의 순간들을 기록하고는 있지만, 이렇게 하는 것도 우선은 나 자신을 위한 일이다. 나 자신이야말로 언어가 표현할 수 있는 능력 이상으로 모든 관계를 더 속속들이 알고 있다.

나는 이 모든 것에 대해 어느 누구에게도 말한 적이 없다. 그들은 내가 죽음에 이를 만큼 말라 비틀어져 있었다는 것을 알지 못했고, 또한 내가 이제 얼마나 새롭게 피어나기 시작하는가도 상상하지 못할 것이다. 그리고 이렇게 생동하는 나의 삶 한가운데로 불현듯 죽음이 찾아와, 이 글들이 다른 사람의 수중에 넘어간다 해도, 나는 그런 운명 때문에 결코 불안에 떨거나 두려워하지 않을 것이다. 그럴 수밖에 없는 것이 일단 자기 자신을 발견한 사람은 이 세상에서 더 이상 아무 것도 잃을 것이 없으며, 언젠가 인간을 자신의 품안에 껴안아 본 사람은 모든 인간을 포용할 수 있기 때문이다.

※ 이 글의 주인공 프리드리히 미카엘 남작은 몇 년 뒤 라바루스카 전투에 참전하여 사망했다. 그의 글은 소포로 친척들에게 전달되었다.

역자 해설

사랑과 공감의 미학

슈테판 츠바이크Stefan Zweig는 1881년 오스트리아의 수도 빈에서 유태계 혈통을 지니고 태어나 주로 빈과 잘츠부르크에서 문필활동을 시작했다. 어린 시절부터 문학적 감수성에 눈뜬 그는 수많은 고전작품을 읽으며 해박한 지식을 쌓았고, 청소년기에는 보들레르와 베를렌 등의 시집을 탐독하면서 시인으로서의 습작기간을 거쳤다. 20세에는 상징주의와 표현주의의 영향이 뚜렷한 시집 『은빛 현Silberne Saiten』을 발표하여 문단에 등단했다. 그 이후로 시보다는 소설과 전기에 탁월한 재능을 발휘하여 당시 독일어권 작가 중에서는 그 누구도 따를 수 없을 만큼 독자들의 사랑을 독차지했다.

무엇보다 츠바이크는 중단편 소설에서 자신만의 독특한 영역을 개척했다. 놀라움과 기이함, 주관적 감흥과 심리상태를 ─프로이트의 영향이 짙게 나타난다─ 순간적으로 포착하는 '노벨레'에서 그는 자신의 장점을 최대한 발휘할 수 있었다. 이미 우리나라에서 번역·출간된『모르는 여인의 편지』나『감정의 혼란』,『황혼의 이야기』등에는 아주 특이하고 괴상한 것, 일상에서 벗어나 있는 것, 심지어는 변태적이고 추악한 것이 시적 언어와 절묘하게 배합되어 독자에게 짜릿한 감흥을 선사한다.

그의 소설들에는 평범한 삶을 거부하는 병적 존재의 괴벽이라든가 편집광, 성 충동에서 유발된 비극적 행태가 인간 본성과 관련된 〈자유〉의 조건으로 제시되거나 〈집단의 운명〉으로 그려진다. 여기에 에로티시즘을 가지고 인기만을 추구한다는 그에 대한 세간의 그릇된 평가가 전면 수정되어야 하는 첫 번째 근거가 있다. 왜냐하면 그의 에로티시즘이란 본질적으로 사회체제나 권력에 의해 가려지고 억압된 부분들이 인간들 사이의 뜨거운 관심과 사랑, 이른바 〈공감의 미학〉으로 표출되기 때문이다. 츠바이크는 다음과 같이 말한다. "관계와 관계를 헤아리는 것이 나를 핏속까지 자극한다. 특수한 인간들은 그들의 순수한 현존을 통하여 내 인식욕구에 불을 지른다."

『환상의 밤*Phantastische Nacht*』 역시 이러한 작가의 의도가 다른 어떤 작품보다 더욱 섬세하고 치밀한 과정에 의해 전개된다. 이 소설의 출발점부터가 이를 증명한다. 빈의 상류사회 출신인 주인공은 풍족한 생활과 사교계의 악습 속에서 오히려 아무런 쾌감도 느끼지 못하는 심각한 '불감증'에 빠져든다. 그는 고상함으로 위장된 사교계의 겉모습이나 무감동한 향락, 애정 없이 이루어지는 성관계 등으로 정신의 진공상태에서 벗어나지 못한다. 불감증의 원인은 바로 자신이 몸담았던 사회의 거짓된 향락 형태에 있었다.

그러던 어느 초여름 휴일 날, 그는 우연히 거리로 나왔다가 군중들의 흥분된 분위기 속에서 돌연 고갈된 감정의 새로운 움직임을 느끼게 된다. 나들이 나온 청춘 남녀들의 정겨운 모습이나 경마장에서 환호하는 관중들의 물결, 왈츠와 폴카가 연주되는 거리를 돌아다니며 그는 조금은 비속하지만 꾸밈없는 인간의 냄새를 맡는다. 더구나 빈의 광장에 어둠이 찾아오면서 박쥐처럼 그늘에서만 살아가는 특수한 사람들을 만나게 된다. 부랑아, 노숙자, 창녀, 이들을 감시하는 포주 등의 생활상은 비록 비천하기는 해도 허위로 굳어진 상류사회의 겉치레보다 훨씬 진실한 삶의 모습으로 인식된다.

제목에서 '환상적'이란 말의 진의는 타인에 대한 이해와 관심, 뜨거운 감정의 교류를 통하여 나라는 존재의 가식이 벗겨질 때 드러난다. 주인공은 돈 몇 푼을 위해 그의 품에 안긴 불쌍한 창녀의 말라빠진 어깨를 어루만지고, 키스를 하면서 마침내 참된 인간애를 가슴속 깊숙이 흡입한다. 또 어두운 뒷골목을 돌아다니며 불쌍한 사람들에게 지갑에 든 돈을 뿌릴 때, 가진 자의 죄악으로부터 완전히 구원받는다. 이런 츠바이크의 에로티시즘이라면 마르크스조차도 은밀히 긍정적인 미소를 보내지 않았을까?

끝으로 번역을 하면서 자의적으로 여러 부분을 윤색했음을 밝혀 둔다. 특히 원문의 앞부분에는 회상의 내부로 들어가기 위하여 인위적으로 설정된 —독일에서 19세기에 유행한— 이른바 틀 또는 액자소설 형식의 도입부가 있는데, 요즘 세대의 독자에게는 다소 진부한 느낌이 들어 이를 없애고, 소설 끝에 그 내용만을 간단하게 처리했다.

환상의 밤